CARAMBAIA

5

Robert Louis Stevenson

Viagem com um burro pelas Cevenas

Tradução
Cristian Clemente

Posfácio
Gilles Lapouge

MAPA DO PERCURSO 6

DEDICATÓRIA 9

VELAY 11
O burro, a carga e a albarda 11
O burriqueiro verde 17
Consigo um aguilhão 26

ALTO GÉVAUDAN 33
Um acampamento
no escuro 33
Cheylard e Luc 44

NOSSA SENHORA
DAS NEVES 49
Padre Apolinário 49
Os monges 54
Os hóspedes 62

ALTO GÉVAUDAN
(CONTINUAÇÃO) 69
Através do La Goulet 69
Uma noite entre
os pinheiros 72

A REGIÃO
DOS *CAMISARDS* 79
Através do Lozère 79
Pont-de-Montvert 85
No vale do Tarn 92
Florac 102
No vale do Mimente 105
O coração do país 109

O último dia 117
Adeus, Modestine! 123

POSFÁCIO
Gilles Lapouge 127

CRONOLOGIA 153

Mapa do percurso
Cevenas*

Mapa da França

Dias	Cidades
22.9	Le Monastier	Goudet	Bouchet-Saint-Nicolas
23.9	Pradelles	Langogne-sur-Allier
24.9	Sagnerousse	Fouzilhic	Fouzilhac
25.9	Cheylard	Luc
26.9	La Bastide
27.9	Chasseradès
28.9	Lestampes	Bleymard
29.9	Pont-de-Montvert	La Vernède	Cocurès
30.9	Florac
1.10	Cassagnas
2.10	Saint-Germain-de-Calberte
3.10	Saint-Jean-du-Gard	Alais

* Cadeia montanhosa localizada no sul da França.

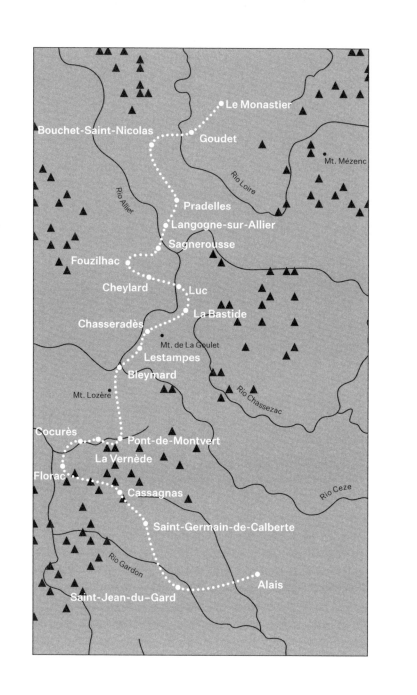

Meu caro Sidney Colvin,

A jornada que este livrinho descreverá foi-me muito agradável e afortunada. Após um início rude, tive a melhor das sortes até o fim. Mas todos somos viajantes naquilo que John Bunyan chama de o deserto do mundo – e todos, também, viajamos de burro: e o melhor que encontramos em nossas viagens é um amigo sincero. Afortunado é o viajante que encontra muitos deles. Viajamos, com efeito, para encontrá-los. São a finalidade e a recompensa da vida. Mantêm-nos dignos de nós mesmos; e, quando estamos sós, estamos apenas mais próximos do ausente.

Todo livro é, num sentido íntimo, uma carta circular aos amigos daquele que o escreve. Somente eles entendem o seu significado; encontram mensagens particulares, testemunhos de amor e expressões de gratidão espalhadas para eles pelos quatro cantos. O público é apenas um mecenas generoso que custeia a postagem. Todavia, embora a carta seja destinada a todos, temos um velho e delicado costume de endereçá-la a um só no lado de fora. Do que poderia um homem orgulhar-se senão dos seus amigos? E assim, meu caro Sidney Colvin, é com orgulho que me declaro, aqui, teu, com afeto,

R.L.S.

Velay

Muitos portentos há, mas nada é mais
portentoso que o homem. [...] Ele doma
com seus ardis o senhor dos campos.

Sófocles

Quem soltou as amarras do asno selvagem?

Jó

O BURRO, A CARGA E A ALBARDA

Num lugarzinho chamado Le Monastier, num afável vale
montanhoso a 24 quilômetros de Le Puy, passei um mês
de dias agradáveis. Monastier é famoso pela produção de
rendas, pela bebedeira, pela liberdade da linguagem e pela
inigualável divergência política. Nesse pequeno povoado
montanhês, há seguidores de cada um dos quatro parti-
dos franceses – legitimistas, orleanistas, imperialistas e
republicanos; e todos odeiam, aborrecem, condenam e ca-
luniam uns aos outros. Exceto para fins comerciais, ou
para desmentirem um ao outro numa briga de taverna,
deixam de lado toda a polidez da conversa. É a própria
Polônia das montanhas. No meio dessa babilônia, vi-me
como um ponto de convergência: todos estavam ansiosos para serem gentis e prestativos para com o estrangeiro. Isso não apenas por conta da hospitalidade natural

do povo montanhês, nem mesmo pela surpresa com que me encaravam por ser um homem que morava de livre vontade em Le Monastier quando bem poderia morar em qualquer outra parte deste vasto mundo; deu-se em boa medida por causa dos meus planos de excursão para o sul através das Cevenas. Um viajante do meu tipo era coisa até então inaudita naquele distrito. Olhavam-me com desdém, como um homem que planejasse uma jornada à lua, mas ao mesmo tempo com um interesse respeitoso, como alguém que partisse para o polo inclemente. Todos estavam dispostos a ajudar-me com os preparativos; uma multidão de simpatizantes apoiou-me no momento crítico de um regateio; não dei um só passo que não fosse acompanhado por brindes e comemorado num jantar ou café da manhã.

Já era quase outubro e eu ainda não estava pronto para partir. E nas altitudes elevadas pelas quais se estendia a minha rota não havia veranico que esperar. Eu estava determinado, se não a acampar ao ar livre, a pelo menos ter à disposição os meios para acampar ao ar livre. Pois não há nada mais molesto a uma mente tranquila do que a necessidade de chegar a um abrigo antes do anoitecer, e aquele que viaja penosamente a pé não deve dar como suposta a hospitalidade de uma estalagem de povoado. Uma tenda, sobretudo para um viajante solitário, é complicada de armar e complicada de desmontar; e ainda confere um traço extravagante à bagagem durante o trajeto. Um saco de dormir, por outro lado, está sempre pronto – basta entrar nele; presta-se a uma dupla finalidade: cama de noite, valise de dia; e não anuncia a intenção de acampar a qualquer transeunte curioso. Isso é fundamental. Um acampamento que não é secreto não passa de um dormitório conturbado: você se torna uma personagem pública; o camponês sociável janta mais cedo e vem visitar o seu leito, e você precisa dormir com um olho aberto e estar de pé antes do amanhecer.

Decidi pelo saco de dormir, e, depois de repetidas visitas a Le Puy e uma boa dose de vida regalada para mim e meus conselheiros, conseguiu-se que um saco de dormir fosse projetado, fabricado e triunfantemente trazido para a casa.

Esse filho do meu engenho tinha quase 2 metros quadrados, sem contar as duas abas triangulares que serviam de travesseiro à noite e de topo e fundo do saco de dia. Chamo-o de "o saco", mas o considerava assim por mera cortesia: estava mais para uma espécie de baguete ou salsichão, com lona de carroça verde impermeável por fora e lã azul de ovelha por dentro. Formava uma valise cômoda e um leito quente e seco. Havia um espaço régio para uma pessoa virar-se; no limite, dois podiam usá-lo. Eu podia enterrar-me nele até o pescoço. Confiava a cabeça a uma touca de pele, com um manto que eu podia desdobrar por cima das orelhas e uma faixa que eu podia passar sob o nariz como uma máscara. No caso de chuva forte, eu planejava construir uma pequena tenda, ou tendilha, com a minha capa de chuva, três pedras e um galho curvo.

Logo se perceberá que eu seria incapaz de carregar esse embrulho enorme sobre os meus ombros meramente humanos. Faltava escolher uma besta de carga. Ora, o cavalo é a dama requintada dos animais: volúvel, tímido, delicado no comer e frágil de saúde; é valioso demais e irrequieto demais para ser deixado só, de modo que ficamos acorrentados a essa criatura como a um companheiro de escravidão nas galés. Uma estrada perigosa o faz perder o controle. Em resumo, trata-se de um aliado incerto e exigente, que multiplica por trinta o trabalho do viajante. Eu precisava era de algo barato e pequeno e robusto, de temperamento impassível e sereno. E todos esses requisitos apontavam para um burrinho.

Havia em Monastier um velho, de intelecto bastante prejudicado segundo alguns, que costumava ser seguido pelos meninos de rua e era conhecido por todos como pai Adão. Pai Adão tinha uma carroça e, para puxar a carroça, uma diminuta jumenta, não muito maior do que um cão, de cor cinzenta, com olhos gentis e um maxilar determinado. Havia na malandra algo de gracioso e nobre, uma elegância puritana, que atiçou o meu gosto de imediato. O nosso primeiro encontro foi na praça do mercado de Monastier. A fim de provar o bom temperamento do animal, puseram-se sucessivas crianças no seu lombo para uma volta, e elas sucessivamente ficaram de pernas para o ar. Isso até a falta de confiança começar a reinar nos peitos juvenis e a experiência ser interrompida por escassez de voluntários. Eu já tinha o apoio de uma comissão de amigos, mas, como se isso não bastasse, todos os compradores e vendedores vieram rodear-me para ajudar na barganha; e a jumenta, eu e o pai Adão fomos centro de uma algazarra por quase meia hora. No fim, ela passou ao meu serviço pela importância de 65 francos e um copo de conhaque. O saco já tinha custado 80 francos e dois copos de cerveja, de maneira que Modestine – como eu a batizei de imediato – era, em todos os aspectos, o artigo mais barato. De fato, foi como deveria ser, pois ela era apenas um acessório do meu colchão, ou um estrado semovente sobre quatro rodízios.

Meu último encontro com pai Adão foi numa casa de bilhar à sinistra hora do poente, quando lhe administrei o conhaque. Ele declarou-se profundamente comovido pela separação e professou que muitas vezes comprou pão branco para a burrinha enquanto ele próprio contentava-se com pão preto. Isso, porém, segundo as melhores autoridades, devia ser um voo da sua imaginação; ele era famoso no vilarejo por abusar brutalmente da jumenta. Contudo, é certo que derramou uma lágrima, e a lágrima lhe traçou uma marca clara bochecha abaixo.

Por conselho de um falacioso seleiro local, fizeram-me um coxim de couro com argolas onde pendurar a carga. Aprontei conscienciosamente minha bagagem e organizei minha toalete. Quanto a armas e utensílios, tomei um revólver, uma pequena lâmpada de álcool, uma lanterna e algumas velas de meia pataca, um canivete e um frasco grande de couro. A carga principal consistia em duas mudas completas de roupa quente – além do meu traje de viagem de veludilho rústico, meu *caban* e meu *spencer* de tricô –, alguns livros e o meu cobertor de viagem, que, também em forma de mala, me possibilitava um segundo castelo nas noites frias. Os mantimentos permanentes eram representados por bolos de chocolate e mortadela bolonhesa enlatada. Tudo isso, com exceção do que eu carregava comigo, cabia facilmente na bolsa de pele de ovelha. Por sorte, também lancei dentro dela a minha mochila vazia, mais pela conveniência do transporte do que por algum pensamento de que poderia querê-la na jornada. Para as necessidades mais imediatas, levei um pernil de cordeiro frio, uma garrafa de Beaujolais, uma garrafa vazia para carregar leite, um batedor de ovos e uma quantidade considerável de pães pretos e brancos, como o pai Adão, para mim e a minha burrica, só que no meu esquema de coisas os destinatários invertiam-se.

Monastienses de todos os espectros de pensamento político entraram em acordo para assustar-me com muitas desventuras absurdas e com muitas e surpreendentes formas de morte súbita. Frio, lobos, ladrões, sobretudo o pregador de peças noturno, eram diária e veementemente impostos à minha atenção. Contudo, o perigo verdadeiro e patente ficou de fora desses vaticínios. Como cristão, foi o meu fardo que me fez sofrer pelo caminho. Antes de contar os meus infortúnios pessoais, permitam-me relatar em duas palavras o que aprendi da minha experiência. Se a carga é bem atada nas pontas e dependurada inteiriça – não dobrada, pelos céus! – de través sobre a albarda, o viajante está seguro. A sela por certo não ficará justa, tal é a imperfeição da nossa transitória vida; seguramente penderá e tenderá a tombar. Mas há pedras em qualquer beira de estrada, e um homem logo aprende a arte de corrigir qualquer tendência ao desequilíbrio com uma pedra bem encaixada.

No dia da minha partida levantei-me um pouco depois das 5 horas; pelas 6, começamos a carregar o burro; e dez minutos depois minhas esperanças estavam no chão. O coxim não permanecia sobre o lombo de Modestine sequer meio instante. Devolvi-o ao seu criador, com quem tive momentos tão injuriosos que do lado de fora a rua ficou recoberta de um muro ao outro com mexeriqueiros querendo ver-nos e ouvir-nos. O coxim trocava de mãos com muita vivacidade; talvez seja mais preciso dizer que o atirávamos um na cabeça do outro; em todo caso, estávamos muito abrasados e pouco amistosos, e falávamos com bastante liberdade.

Obtive uma albarda comum para burros – uma *barde*, como a chamam – que servia em Modestine e a carreguei mais uma vez com os meus pertences. O fardo dobrado, meu *caban* (pois fazia calor e eu caminharia de colete), uma grande barra de pão preto e um cesto aberto contendo o pão branco, a carne de cordeiro e as garrafas: tudo foi amarrado junto num sistema muito elaborado de nós, e olhei o resultado com um contentamento fátuo. Num arranjo tão monstruoso – toda a carga posta sobre os ombros do burro sem nada embaixo para a contrabalançar, com uma albarda que ainda precisava ser lasseada para servir no animal e atada com cinchas novas em folha de que se poderia esperar que esticassem e afrouxassem pelo caminho –, mesmo um viajante muito incauto deveria ter enxergado o desastre que se desenhava. O elaborado sistema de nós foi também obra de simpatizantes demais para ter sido pensado com engenhosidade. É verdade que eles apertaram as cordas com vontade; até três ao mesmo tempo apoiaram o pé contra os quartos de Modestine e puxaram trincando os dentes. Mas aprendi depois que uma pessoa atenta, sem nenhum emprego de força, pode realizar um trabalho mais firme que meia dúzia de cavalariços acalorados e entusiasmados. Eu não passava de um novato então; mesmo depois do infortúnio com a bagagem, nada podia abalar minha segurança, e cruzei a porta do estábulo como um boi que vai ao matadouro.

O BURRIQUEIRO VERDE

O sino de Monastier já soava as 9 horas quando fiquei livre desses problemas preliminares e desci a montanha pela praça central. Enquanto estive à vista das janelas, uma vergonha secreta e o medo de alguma derrota ridícula impediram-me de atrapalhar Modestine. Ela acompanha-me sobre os seus quatro pequenos cascos com uma marcha de sóbria delicadeza; de tempos em tempos sacudia as orelhas ou o rabo; e parecia tão pequena sob o fardo que a minha mente se consternou. Atravessamos o vau sem dificuldade – não havia dúvida quanto a isso, ela era a própria docilidade –, e uma vez na outra margem, onde a estrada começa a subir pelos pinheiros, tomei o ímpio bastão na mão direita e, com espírito vacilante, apliquei-o à jumenta. Modestine avivou o ritmo por três passos, talvez, e logo recaiu no minueto anterior. Outro golpe teve igual efeito e o mesmo com o terceiro. Sou digno de ser chamado inglês e vai contra a minha consciência tocar uma fêmea de maneira rude. Desisti e olhei-a inteira, da cabeça aos pés; os joelhos da pobre coitada estavam trêmulos e a respiração, cansada. Era evidente que não podia ir mais rápido num monte. Deus me livre, pensei, de barbarizar essa criatura inocente. Que ela vá no próprio passo e que eu a siga pacientemente.

Não há palavra baixa o suficiente para descrever o que era esse passo. Era muito mais lento do que uma caminhada, como uma caminhada é mais lenta do que uma corrida; mantinha-me com cada pé suspenso por uma quantidade incrível de tempo; em cinco minutos, exauriu-me o espírito e provocou-me febre em todos os músculos da perna. E, ainda por cima, eu precisava manter-me por perto e dimensionar o meu avanço exatamente de acordo com o dela; pois, se ficasse algumas jardas para trás ou fosse algumas jardas para a frente, Modestine parava instantaneamente e começava a pastar. O pensamento de que isso duraria daqui até Alais quase me partiu o coração. Dentre todas as viagens concebíveis, essa prometia ser a mais tediosa. Tentei dizer a mim mesmo que o dia estava adorável; tentei seduzir o meu ânimo agoureiro com tabaco; mas tinha uma visão onipresente para mim das estradas longas, longas, morro acima, vale abaixo, e um par de figuras se movendo sempre infinitesimalmente, pé ante pé, 1 jarda por minuto, e, como enfeitiçados num pesadelo, não se aproximando nem um pouco da meta.

Entretanto, subiu por trás de nós um camponês alto, talvez 40 anos de idade, semblante irônico e aborrecido, trajando uma casaca verde da região. Alcançou-nos lado a lado e parou para observar nosso penoso avanço.

"Sua burrinha", diz ele, "é muito velha?"

Respondi-lhe que acreditava que não.

Então, ele supôs, tínhamos vindo de longe.

Disse-lhe que tínhamos acabado de sair de Monastier.

"*Et vous marchez comme ça!*"[1], gritou ele; e, jogando a cabeça para trás, soltou uma gargalhada longa e vigorosa. Observei-o, como que preparado para me sentir ofendido, até que ele satisfez o seu gozo. "Não tenha pena desses animais", disse ele; e, arrancando uma vara de um arbusto, começou a golpear a popa de Modestine enquanto berrava. A malandra levantou as orelhas e desatou a trotar num bom passo, que manteve sem esmorecer nem exibir o menor sintoma de cansaço enquanto o camponês se manteve ao nosso lado. Os tremores e as arfadas tinham sido, lamento dizer, uma cena de comédia.

Meu *deus ex machina*, antes de partir, ofereceu um conselho excelente, ainda que desumano. Entregou-me a vara, afirmando que a burrinha a sentiria mais vivamente do que a minha bengala, e por fim ensinou-me o verdadeiro grito ou palavra maçônica dos burriqueiros: "Prut!". Olhou-me o tempo todo com um ar cômico, incrédulo, que era embaraçoso confrontar; e achou graça na maneira como eu conduzia a jumenta, como eu poderia ter achado graça na ortografia ou na casaca verde dele. Mas eu não estava em condição de achar graça em coisa alguma.

Fiquei orgulhoso do meu novo saber e pensei ter aprendido a arte à perfeição. Modestine certamente fez maravilhas até o fim da manhã, e eu tive espaço para respirar e olhar à minha volta. Era Sabá; os campos das montanhas estavam todos vazios sob a luz do sol; e, quando descemos até Saint-Martin-de-Fugères, a igreja estava cheia, havia pessoas ajoelhadas nos degraus de fora e o som do canto do sacerdote emergia do interior sombrio. Senti-me em casa de imediato; pois sou um cidadão do Sabá, por assim dizer, e todas as observâncias sabáticas, assim como o

---

1 "E vocês estão andando assim!" [Esta e as demais notas são desta edição.]

sotaque escocês, provocam em mim sentimentos confusos de gratidão e repulsa. Apenas um viajante, passando apressado como uma pessoa de outro planeta, pode desfrutar corretamente da paz e da beleza da grande festa ascética. A vista de um povoado em descanso lhe faz bem ao espírito. Há algo melhor do que a música nesse silêncio geral e incomum; e esse algo o inclina a pensamentos amáveis, como o som de um riacho ou o calor da luz do sol.

Nesse estado de espírito agradável, desci o morro até onde se situa Goudet, na ponta verde de um vale, com o Château de Beaufort do lado oposto, sobre um rochedo íngreme, e com o córrego, límpido como um cristal, formando uma piscina profunda entre eles. De alto a baixo, era possível ouvi-lo ondear sobre as pedras, um rio moço que pareceria absurdo chamar de Loire. Por todos os lados, Goudet está fechada por montanhas; trilhas rochosas, praticáveis quando muito para os burros, a ligam ao mundo exterior da França; e os homens e as mulheres bebem e praguejam, no seu recanto verde, ou levantam o olhar da soleira de casa para os picos envoltos em neve no inverno, num isolamento que se poderia pensar semelhante aos ciclopes de Homero. Mas não é assim; o carteiro chega a Goudet com a sua sacola; a juventude ambiciosa de Goudet está a um dia de caminhada da via férrea de Le Puy; e aqui na estalagem é possível encontrar um retrato do sobrinho do anfitrião, Régis Senac, "Professor de Esgrima e Campeão das duas Américas", distinção ganha por ele, juntamente com a soma de 500 dólares, no Tammany Hall, Nova York, em 10 de abril de 1876.

Fiz rapidamente a refeição do meio-dia e logo segui em frente de novo. Mas, pobre de mim, quando passamos a escalar o monte interminável do outro lado, "Prut!" pareceu ter perdido a força. "Prutei" como um leão, "prutei" melífluo como uma pomba que arrulha, mas Modestine não se deixava suavizar nem intimidar. Persistia obstinada no seu passo; nada além dos golpes a movia, e apenas por um segundo. Precisei manter-me nos seus calcanhares, espancando-a incessantemente. Uma pausa de um momento nesse labor ignóbil e ela recaía no seu trote particular. Penso que jamais ouvi falar de alguém em situação tão vil. Precisava chegar ao lago de Bouchet, onde tencionava acampar antes do pôr do sol, e, para ter ao menos essa esperança, precisava maltratar insistentemente o animal resignado. O som dos meus próprios golpes me enojava. Numa das vezes que olhei para ela, encontrei uma vaga semelhança com uma dama conhecida que outrora me cumulara de gentilezas; e isso aumentava o horror da minha crueldade.

Para piorar as coisas, encontramos outro jumento circulando à vontade pela beira da estrada; e esse outro jumento calhou de ser um cavalheiro. Ele e Modestine encontraram-se entre zurros de alegria, e eu precisei dividir o par e abater o seu jovem romance com nova e febril bastonada. Se o outro jumento tivesse toda a coragem de um macho sob a pele, teria caído sobre mim com cascos e dentes; foi isto que me fez as vezes de consolo: ele era evidentemente indigno do afeto de Modestine. Mas o incidente entristeceu-me, como tudo o que manifestava o sexo da minha burrinha.

Fazia um calor abrasador na parte de cima do vale, sem vento, e com sol inclemente sobre os ombros. Precisei trabalhar tão continuamente com a vara que o suor me descia pelos olhos. A cada cinco minutos, ainda por cima, o fardo, o cesto e o *caban* inclinavam-se horrivelmente para um lado ou para o outro; e eu tinha de parar Modestine, bem quando tinha conseguido dela um passo tolerável de umas 2 milhas por hora, para puxar, empurrar, forçar e reajustar a carga. Até que, por fim, no vilarejo de Ussel, albarda e tudo, o volume todo virou de ponta-cabeça e deitou-se no pó sob a barriga da burrinha. Ela, agradada a não mais poder, endireitou o corpo de imediato e pareceu sorrir, e o grupo de um homem, duas mulheres e duas crianças, que veio me rodear em semicírculo, encorajou-a com o seu exemplo.

Tive um trabalho dos diabos para consertar a parafernália; e no instante em que terminei, sem hesitação, ela pendeu e caiu do outro lado. Diga se não fiquei furioso! E mesmo assim não houve quem me estendesse uma mão para ajudar. O homem, de fato, disse-me que o fardo deveria ter uma forma diferente. Eu lhe sugeri que, se desconhecia algo melhor acerca do meu embaraço, podia segurar a língua. E o cão concordou dócil e sorridente. Era a situação mais ignominiosa. Tive simplesmente de me contentar em deixar o fardo com Modestine e tomar como a minha parte do carregamento os seguintes itens: uma bengala, um frasco de um quarto, um *caban* bastante pesado nos bolsos, 2 libras de pão preto e um cesto aberto cheio de carnes e garrafas. Creio poder dizer que não careço de grandeza de alma, pois não me furtei a essa infame carga. Arranjei-a, só Deus sabe como, de maneira a deixá-la um pouco portátil, e então passei a conduzir Modestine através do vilarejo. Ela tentou, como era de fato o seu hábito invariável, entrar em cada casa e em cada pátio durante todo o trajeto; e, sobrecarregado como eu estava, sem uma mão para me valer, nenhuma palavra é capaz de transmitir uma ideia das minhas dificuldades. Um sacerdote, com seis ou sete outros, examinava uma igreja em reforma, e ele e os seus acólitos gargalharam ao ver o meu apuro.

Recordei-me das minhas próprias gargalhadas ao ver homens bons lutando contra a adversidade na pessoa de um asno, e a lembrança encheu-me de penitência. Isso era nos meus velhos e levianos tempos, antes de esse problema recair sobre mim. Deus sabe ao menos que jamais rirei novamente, pensei. Mas, ai, como é cruel a farsa para aqueles que fazem parte dela!

Um pouco depois do vilarejo, Modestine, tomada pelo demônio, voltou o coração para um desvio e recusou-se positivamente a sair de lá. Deitei ao chão todos os embrulhos e, envergonha-me dizer, bati duas vezes na cara da pobre pecadora. Dava pena vê-la levantar a cabeça e fechar os olhos, como se esperasse um novo golpe. Cheguei muito perto de chorar; mas fiz algo mais sábio do que isso e sentei-me bem na beira da estrada para refletir sobre a situação sob a influência animosa do tabaco e de um gole de conhaque. Modestine, enquanto isso, mastigava um pouco de pão preto com um ar contrito e hipócrita. Era-me claro que precisaria fazer um sacrifício aos deuses do naufrágio. Joguei fora a garrafa vazia destinada a carregar o leite; joguei fora o meu próprio pão branco e, desdenhando agir pela média geral, conservei o pão preto para Modestine; por fim, joguei fora o pernil frio de carneiro e o batedor de ovos, embora este último me fosse caro ao coração. Assim, encontrei espaço para tudo no cesto, e até acondicionei o casaco de marinheiro por cima. Valendo-me de uma ponta de cordão, pendurei tudo debaixo de um braço; e apesar de o cordão me cortar o ombro, e de o casaco quase tocar o chão, foi com grande alívio no coração que segui adiante mais uma vez.

Tinha agora um braço livre para reprimir Modestine, e a castiguei cruelmente. Se eu quisesse chegar à margem do lago antes de escurecer, ela precisaria agitar as canelas num compasso melhor. O sol já se havia posto numa neblina que augurava vento; e, embora ainda houvesse alguns fachos dourados longínquos a leste das montanhas e dos bosques de abetos negros, tudo ao redor do nosso caminho estava frio e cinzento. Uma infinidade de estradinhas cortava os campos de um lado e do outro. Era o labirinto mais sem sentido. Eu podia avistar o meu destino à frente, ou melhor, o pico que o dominava; mas, por mais que escolhesse, as estradas sempre acabavam por desviar-se dele e serpentear de volta ao vale anterior, ou para o norte, ao longo do pé das montanhas. A luz decadente, as cores evanescentes, o terreno despido, hostil e pedregoso por que eu viajava incutiram-me um pouco de desânimo. Juro a você que a vara não ficou ociosa. Penso que cada passo decente dado por Modestine deve ter me custado ao menos dois golpes enfáticos. Não havia outro som na vizinhança além da minha incansável bastonada.

De repente, no meio dos meus labores, a carga mais uma vez foi ao chão e, como que por feitiço, todas as cordas afrouxaram e os meus caros pertences espalharam-se pela estrada. Seria necessário recomeçar a empacotar as coisas; e, como precisei inventar um sistema novo e melhor para isso, não duvido que tenha perdido cerca de meia hora. O poente começou a prenunciar a noite quando cheguei a um deserto de relva e pedras. Tinha o ar de ser uma estrada que levava a toda parte ao mesmo tempo; eu já começava a cair num estado não muito distinto do desespero quando vi duas figuras aproximarem-se lentamente pelas pedras. Caminhavam uma atrás da outra, como andarilhos, mas num passo notável. O filho vinha à frente, um homem alto, mal-acabado, sóbrio, semelhante a um escocês; a mãe o seguia, em pleno traje de domingo, com uma elegante fita bordada no gorro e um chapéu novo de feltro por cima, desfiando, a cada passo largo com a anágua arregaçada, um rosário de obscenidades e impropérios.

Acenei para o filho e perguntei o caminho. Ele apontou vagamente para oeste e noroeste, resmungou um comentário inaudível e, sem reduzir o passo por um instante, continuou a caminhada, já que ia pela direção exatamente contrária à minha. A mãe o seguiu sem sequer levantar a cabeça. Gritei e gritei aos dois, mas eles continuaram a escalar a lateral da montanha e fizeram ouvidos moucos aos meus berros. Por fim, deixando Modestine só, fui forçado a correr atrás deles enquanto os chamava. Os dois pararam quando me aproximei, a mãe ainda xingando, e pude ver que era uma mulher bonita, maternal e de aparência respeitável. O filho mais uma vez me respondeu de forma áspera e inaudível, e já se preparava para retirar-se de novo. Mas dessa vez eu simplesmente me agarrei à mãe, que estava mais perto, e, desculpando-me pela violência, declarei que não podia deixá-los partir até que me pusessem na estrada. Nenhum dos dois se ofendeu – mais comoveram-se do que outra coisa; disseram-me que me bastava segui-los; então a mãe me perguntou por que eu queria ir ao lago àquelas horas. Respondi, à maneira escocesa, querendo saber se ela tinha ainda muito que caminhar. Ela disse, com outro impropério, que lhe restava uma hora e meia de estrada pela frente. E, então, sem nenhuma despedida, o par voltou a avançar a passos largos pela montanha sob o crepúsculo iminente.

Voltei para buscar Modestine, puxei-a com força para a frente e, depois de uma subida aguda de vinte minutos, cheguei à beira de uma planície. A vista, tendo em conta o meu dia de jornada, foi tão selvagem quanto triste. O monte Mézenc e os picos além de Saint-Julien destacavam-se negros e melancólicos contra um brilho frio no leste; e as colinas no meio misturaram-se num único e amplo charco de sombra, com a exceção aqui e ali dos contornos em negro de um pão de açúcar amadeirado, aqui e ali de um remendo irregular em branco para representar uma fazenda cultivada, e aqui e ali um borrão onde o Loire, o Gazeille ou o Laussonne desviavam numa garganta.

Logo entramos numa estrada grande, e a minha mente foi tomada de surpresa quando avistei um vilarejo de tamanho considerável bem próximo, pois me haviam dito que os arredores do lago não eram habitados por nada além de trutas. A estrada fumegava sob o crepúsculo com crianças conduzindo o gado na volta do pasto; e um par de mulheres montadas com as pernas separadas, chapéu e gorro e tudo, passou ligeiro do meu lado num trote desabalado, voltando do povoado onde foram à missa e ao mercado. Perguntei a um dos meninos onde estava. Em Bouchet-Saint-Nicolas, ele me disse. Quase 1 milha ao sul do meu destino, e do outro lado de um cume respeitável: eis até onde os camponeses traidores me levaram. O meu ombro estava cortado e doía intensamente; o meu braço latejava como a dor de dente causada por surras constantes. Desisti do lago e da intenção de acampar e perguntei por um *auberge*[2].

CONSIGO UM AGUILHÃO

O *auberge* de Bouchet-Saint-Nicolas estava entre os menos pretensiosos que já visitei; mas vi muitos mais do mesmo tipo na minha jornada. Com efeito, era típico dessas terras montanhosas da França. Imagine um chalé de dois andares, com um banco em frente à porta; o estábulo seguido da cozinha, de modo que Modestine e eu podíamos nos ouvir jantando; mobília da mais simples, chão de terra batida, um único dormitório para viajantes e um dormitório sem nenhum conforto além das camas. Na cozinha, o comer e o cozinhar se dão lado a lado, bem como o sono da família à noite. Quem quer que tenha o capricho de lavar-se deve fazê-lo em público na mesa comum. A comida é às vezes escassa; peixe duro e omelete mais de uma vez

---

2 Pousada, hospedaria.

formaram a minha porção; o vinho é dos mais medíocres, o conhaque abominável ao homem; e a visita de uma leitoa gorda, guinchando debaixo da mesa e se esfregando contra as pernas do hóspede, não é um acompanhamento impossível para o jantar.

Mas as pessoas da estalagem, em nove a cada dez casos, mostram-se amigáveis e atenciosas. Assim que você cruza a porta, deixa de ser um estranho; e, embora esses camponeses sejam rudes e ameaçadores na estrada, mostram traços de boa criação quando você partilha da lareira deles. Em Bouchet, por exemplo, saquei a rolha da minha garrafa de Beaujolais e pedi ao anfitrião que se juntasse a mim. Ele aceitou só um pouco.

"Sou amante desse vinho, sabe?", ele disse, "e capaz de não lhe deixar o suficiente".

Nessas estalagens de beira de estrada, espera-se que o viajante coma com a própria faca; a não ser que peça, não lhe fornecerão outra: com um copo, uma fatia grossa de pão e um garfo de ferro, a mesa está posta. Minha faca foi objeto da admiração apaixonada do dono de Bouchet, e a mola o deixou completamente maravilhado.

"Jamais teria imaginado isso", ele disse. "Aposto", acrescentou, pesando-a na mão, "que não lhe deve ter custado menos de 5 francos".

Quando contei que tinha me custado 20, o queixo dele caiu.

Era um homem gentil, bem-apanhado, sensato e amistoso, com uma ignorância impressionante. A mulher, que não tinha modos tão agradáveis, sabia ler, embora eu imagine que jamais o fizesse. Tinha o seu quinhão de miolos e falava com uma ênfase cortante, como quem comanda o terreiro.

"O meu marido não sabe nada", dizia, acenando irritada a cabeça. "É como os animais."

E o velho cavalheiro deu a entender que sim com um aceno. Não houve nenhum desdém da parte dela, nem nenhuma vergonha da dele; os fatos foram aceitos com lealdade e não se tocou mais no assunto.

Fui minuciosamente sabatinado acerca da minha jornada; a senhora entendeu tudo num instante e esboçou o que eu deveria pôr no livro quando chegasse em casa. "Se as pessoas plantam ou não em tal e tal lugar; se havia florestas; estudos sobre os hábitos; o que, por exemplo, eu e o dono da casa lhe dissemos; as belezas da natureza, e tudo isso." E interrogou-me com um olhar.

"Só isso", eu disse.

"Viu?", ela acrescentou ao marido. "Eu entendi isso."

Ambos estavam muito interessados na história das minhas desventuras.

"De manhã", disse o marido, "farei para você algo melhor do que a sua bengala. Um animal desses não sente nada; está no ditado – *dur comme um âne*[3]; você pode espancá-la com uma clava e mesmo assim não chegaria a lugar algum".

Algo melhor! Mal sabia eu o que ele estava oferecendo.

O quarto de dormir estava fornido com duas camas. Fiquei com uma; e devo confessar o meu constrangimento ao encontrar um jovem, a esposa e uma criança subindo na outra. Era a minha primeira experiência do tipo; e se é para eu me sentir tão tolo e deslocado assim sempre, peço a Deus que seja a última também. Mantive os olhos baixos, e nada sei da mulher além de que tinha os braços belos e que não parecia nem um pouco embaraçada pela minha aparição. A bem da verdade, a situação era mais penosa para mim do que para os cônjuges. Um cônjuge sustenta o outro; cabe ao solteiro corar. Mas não pude deixar de

---

3 Duro como um asno.

oferecer os meus sentimentos ao marido e procurei conciliar a tolerância dele com um copo de conhaque do meu frasco. Ele me contou que era um tanoeiro de Alais em viagem para Saint-Étienne em busca de trabalho e que nos tempos livres atendia ao chamado fatal de um fabricante de fósforos. Quanto a mim, ele logo adivinhou tratar-se de um vendedor de conhaque.

Fui o primeiro a levantar de manhã (segunda-feira, 23 de setembro) e apressei culposamente as abluções a fim de dar campo livre à madame, a esposa do tanoeiro. Bebi uma tigela de leite e parti para explorar a vizinhança de Bouchet. Fazia um frio mortal naquela manhã invernal cinza e ventosa; nuvens de neblina voavam rápidas e baixas; o vento assoviava sobre a plataforma descoberta; e a única nesga de cor estava distante, atrás do monte Mézenc e das colinas a leste, onde o céu ainda vestia o laranja da aurora.

Eram 5 da manhã, e 4 mil pés acima do mar; precisei enterrar as mãos no bolso e trotar. As pessoas marchavam rumo aos trabalhos no campo em pares e trios, e todas voltavam a cabeça para encarar o estranho. Eu as tinha visto voltar na noite passada, vi-as ir para o campo de novo, e eis a vida de Bouchet em poucas palavras.

Quando voltei para a estalagem para um breve desjejum, a dona da casa estava penteando os cabelos da filha e eu elogiei a beleza deles.

"Ah, não", disse a mãe; "não são tão bonitos quanto deveriam. Veja, são delicados demais".

É assim que o sábio campônio se consola sob circunstâncias físicas adversas, e, por um impressionante processo democrático, os defeitos da maioria decidem o tipo da beleza.

"E onde está", disse eu, "o *monsieur*?".

"O dono da casa está no andar de cima", ela respondeu, "fazendo um aguilhão para você".

Bem-aventurado o inventor do aguilhão! Bem-aventurado o estalajadeiro de Bouchet-Saint-Nicolas que me introduziu no uso dele! Essa simples vara, com uma ponta de um oitavo de polegada, foi deveras um cetro que ele me pôs nas mãos. Daquele momento em diante, Modestine foi minha escrava. Uma espetada, e ela passou pela convidativa porta do estábulo. Uma espetada, e punha-se em movimento num trotezinho galante que devorava milhas. Não se tratava de uma velocidade notável no fim das contas; no melhor dos casos, levamos quatro horas para fazer 4 milhas. Mas que mudança celestial desde ontem! Nada mais de brandir a feia clava; nada mais de golpes com o braço dolorido; nada mais de exercícios com a espada, mas com o discreto e cavalheiresco florete. Mas e se de vez em quando uma gota de sangue aparecer no lombo cinzento de Modestine? Eu preferiria que não aparecesse, na verdade; mas as experiências de ontem purgaram-me o coração de toda humanidade. A diabinha perversa, se não queria ser conduzida com gentileza, deveria ir mesmo às espetadas.

Fazia um frio árido e amargo, e, exceto por um grupo de damas escarranchadas nos cavalos e um par de mensageiros a pé, o caminho até Pradelles estava solitário como a morte. Só consigo lembrar-me de um incidente. Um potro bonito com um sino em volta do pescoço surgiu pronto para investir contra nós numa rua marginal, tomou um fôlego marcial como alguém prestes a realizar grandes feitos e repentinamente mudou de ideia no seu coração verde e juvenil, deu meia-volta e retirou-se no mesmo galope com que chegara, com o sino soando ao vento; quando cheguei à estrada principal, o som dos fios telegráficos parecia perpetuar a mesma música.

Pradelles fica ao pé de uma montanha, bem acima do Rio Allier, cercada de ricos prados. A gente limpava o terreno por toda parte, o que dava à vizinhança, em meio à ventania dessa manhã de outono, um extemporâneo cheiro de feno. Na margem oposta do Allier, a terra assomava por milhas até o horizonte: uma paisagem bronze descorada de outono, com manchas negras de abetos e estradas brancas volteando as colinas. Sobre tudo isso, as nuvens vertiam uma sombra uniforme e arroxeada, triste e algo ameaçadora, exagerando alturas e distâncias, e dando ainda mais relevo ao sobe e desce da estrada. Um panorama melancólico, mas animador para o viajante. Pois eu estava agora no limite de Velay, e tudo o que contemplava ficava noutro departamento: o selvagem Gévaudan, montanhoso, inculto e recém-desflorestado por pavor dos lobos.

Os lobos, ai, como os bandidos, parecem fugir do avanço do viajante; e você é capaz de palmilhar a nossa confortável Europa inteira sem encontrar uma aventura digna do nome. Aqui, porém, mais do que em qualquer outra parte, o homem vivia nas fronteiras da esperança. Pois esta é a terra da sempre memorável besta, o Napoleão Bonaparte dos lobos. Que carreira a dele! Viveu dez meses de liberdade irrestrita em Gévaudan e Vivarais; comeu mulheres e crianças e "pastoras célebres por sua beleza"; perseguiu cavaleiros armados; foi visto ao pleno meio-dia no encalço da caleche dos correios e do batedor ao longo da estrada real, e caleche e batedor fugiram dele a galope. Tinha um cartaz de procurado como um criminoso político, e ofereciam-se 10 mil francos por sua cabeça. E, contudo, quando o abateram com um tiro e o mandaram a Versailles, eis que não passava de um lobo comum, até pequeno! "E, contudo, eu podia alcançar de um polo a outro", cantava Alexander Pope. O Pequeno Major sacudiu a Europa; e, se todos os lobos tivessem sido como esse lobo, teriam mudado a história da humanidade. Élie Berthet fez dele herói de um romance que li e não desejo reler.

Almocei às pressas e resisti ao desejo da anfitriã de que eu fosse visitar Nossa Senhora de Pradelles, "que realizou muitos milagres apesar de ser de madeira"; e antes das 12h45 eu já aguilhoava Modestine pela descida íngreme que conduz a Langogne-sur-Allier. Em ambos os lados da estrada, em campos grandes e polvorentos, os fazendeiros se preparavam para a próxima primavera. A cada 50 jardas, uma junta de bois fleumáticos arrastava pacientemente a charrua. Vi um desses servos de gleba dóceis e formidáveis ter um interesse súbito por Modestine e por mim. O sulco por que descia ficava num canto da estrada, e a cabeça do boi estava solidamente fixa ao jugo como as das cariátides sob uma cornija pesada; mas ele torceu para o lado os olhos grandes e honestos e nos seguiu com um olhar ruminante, até o mestre fazê-lo virar a charrua e voltar a subir pelo campo. De toda a sulcagem das relhas, dos pés dos bois, do trabalhador que aqui e ali quebrava torrões secos com a enxada, o vento carregava uma poeira fina como fumaça. Era uma paisagem bela, viva, pulsante e rústica, e, à medida que eu descia, as terras altas de Gévaudan continuavam a assomar diante de mim contra o céu.

Eu tinha cruzado o Loire um dia antes; agora estava prestes a cruzar o Allier, tão próximos são os dois confluentes na juventude. Justo na ponte de Langogne, quando a chuva havia muito prometida começava a cair, uma mocinha de uns 7 ou 8 anos dirigiu-se a mim com a frase sacramental: *"D'où'st-ce-que vous venez?"*[4]. E ela o fez com um ar tão altivo que me fez rir; e isso a espicaçou de imediato. Tratava-se evidentemente de uma pessoa que tinha o respeito em conta. Ela ficou parada olhando para mim com silencioso despeito enquanto eu cruzei a ponte e entrei no departamento de Gévaudan.

---

4 "De onde o senhor vem?"

Alto Gévaudan

O caminho aqui também era muito cansativo,
entre pó e pedregulhos; não havia em todo
esse território ao menos uma estalagem
ou armazém onde conseguir o mais
simples refrigério.
O peregrino

UM ACAMPAMENTO NO ESCURO

No dia seguinte (terça-feira, 24 de setembro), eram 2 da tarde em ponto quando consegui terminar de escrever no diário e de consertar a mochila, pois estava determinado a carregá-la dali para a frente e não ter mais trabalho com cestos; e meia hora depois parti para Le Cheylard-l'Évêque, um lugar nas margens da floresta de Mercoire. Um homem, disseram-me, costuma levar uma hora e meia de caminhada até lá; e julguei que estava longe de ser ambiciosa demais a perspectiva de que um homem estorvado por um burro completasse a mesma distância em quatro horas.

Chuva e granizo alternaram-se ao longo de toda a subida da montanha de Langogne; o vento não parou de soprar firme e frio, ainda que lento; nuvens ligeiras e abundantes – algumas arrastando véus de aguaceiros diretos, outras compactas e luminosas como se prometessem neve – despontaram no norte e me seguiram ao longo do caminho. Logo saí da bacia cultivada do Allier para longe dos bois de arado e visões semelhantes do campo. Brejos, pântanos de urze, trechos de pedra e pinheiros, bosques de bétula revestidos das joias amarelas do outono, um punhado de chalés despojados e campos secos aqui e ali: esses eram os personagens do campo. Colina e vale sucediam vale e colina; as pequenas pegadas verdes e pedregosas do gado erravam umas por dentro das outras, dividiam-se em três ou quatro, morriam em buracos lamacentos e recomeçavam esporadicamente nos pés das colinas ou nos limites de um bosque.

Não havia estrada direta para Cheylard, e não era tarefa fácil passar pelos desníveis da região e através do labirinto intermitente de pegadas. Deviam ser pelas 4 horas quando atingi Sagnerousse e retomei caminho, regozijando-me por ter um ponto certo de partida. Duas horas depois, com a noite caindo rápido e o vento cessado, parti de um bosque de abetos por onde circulei por muito tempo e encontrei não o vilarejo procurado, mas outra depressão pantanosa entre uma barafunda de colinas. Um tempo antes eu havia escutado o repicar das sinetas do gado à frente, e agora, ao sair à margem da floresta, vi quase uma dúzia de vacas e talvez o mesmo número de silhuetas, que conjecturei serem crianças, embora a neblina lhes tenha exagerado as formas quase além do reconhecível. Estavam todas caladas, umas ao lado das outras num círculo, ora dando as mãos, ora quebrando a corrente com reverências. Danças infantis invocam pensamentos muito inocentes e vivos, mas, durante o anoitecer no pântano, a coisa era sinistra e fantástica demais para ser contemplada. Mesmo eu, que li a minha cota de Herbert Spencer, senti uma espécie de silêncio cair-me na mente por um instante. No momento seguinte, já estava espetando Modestine para que seguíssemos adiante, guiando-a como um barco desgovernado em mar aberto. No caminho, ela avançou obstinada por si só, de vento em popa, mas bastava chegar à relva ou às urzes e a bruta perdia a cabeça. A tendência que os viajantes têm de andar em círculos tinha se desenvolvido nela a um nível de paixão, e precisei usar toda a força para mantê-la em linha reta através de um único campo.

Assim, enquanto eu bordejava desesperado pelo brejo, crianças e animais começaram a dispersar-se, até somente um par de meninas ficar para trás. Os camponeses em geral tinham bem pouca disposição para aconselhar o caminhante. Um diabo velho simplesmente retirou-se para dentro de casa e trancou a porta quando me aproximei, e, por mais que eu batesse e gritasse à rouquidão, ele fez ouvidos moucos. Outro, depois de ter-me indicado uma direção que, descobri mais tarde, não entendi, observou-me complacentemente ir pelo caminho errado sem avisar nem mesmo por um gesto. Não lhe importava nem um tostão que eu vagasse a noite inteira pelas montanhas! Quanto às duas meninas, eram um par de vadias impudicas e matreiras, sem um pensamento que não fosse maldade. Uma me mostrou a língua, a outra indicou que eu seguisse as vacas, e ambas riam baixo e trocavam cotoveladas. A Besta de Gévaudan comeu cerca de cem crianças nesse distrito; comecei a pensar nela com carinho.

Deixando as meninas, avancei pelo brejo e cheguei a outro bosque e a uma estrada bem traçada. Escurecia cada vez mais. Modestine, repentinamente farejando malícia, apertou o passo por si mesma e, daquele momento em diante, não me deu mais problemas. Foi o primeiro sinal de inteligência que tive oportunidade de notar nela. Ao mesmo tempo, o vento agitou-se quase a ponto de uma tempestade, e outra pancada de chuva veio voando do norte. Do outro lado da estrada, vi algumas janelas vermelhas à luz do crepúsculo. Era o arraial de Fouzilhic; três casas ao pé do monte, ao lado de um bosque de bétulas. Ali encontrei um velho encantador, que me acompanhou por um curto trecho na chuva para me pôr em segurança na estrada para Cheylard. Ele não quis nem saber de recompensa; ao contrário, agitava as mãos sobre a cabeça quase que em ameaça e recusou verboso e estridente em perfeito *patois*[5].

Tudo parecia correto afinal. Os meus pensamentos passaram a voltar-se para o jantar e uma lareira, e o meu coração se acalmou agradado no peito. Ai, eu estava à beira de penas novas e maiores! De repente, de um golpe só, a noite caiu. Já fui apanhado fora de casa por muitas noites escuras, mas nunca por uma tão escura quanto essa. Um relance das pedras, um relance da terra, onde a estrada estava bem batida, certa densidade felpuda, ou uma noite dentro da outra, numa árvore: era tudo o que eu podia distinguir. O céu era pura escuridão sobre a minha cabeça, mesmo as nuvens passageiras seguiam o seu rumo invisíveis aos olhos humanos. Eu era incapaz de distinguir a minha mão da estrada à distância de um braço, nem meu aguilhão da relva ou do céu à mesma distância.

Logo a estrada que eu seguia se dividiu, segundo o costume da região, em três ou quatro numa parte de relva pedregosa. Como Modestine tinha demonstrado tamanho fascínio por estradas batidas, recorri ao seu instinto em meio àquela dificuldade. Mas o instinto de um burro é o que se pode esperar do nome; em meio minuto ela já subia em círculos sem fim por entre as rochas, a jumenta mais perdida que você poderia ver. Eu teria acampado

---

5 Dialeto.

bem antes se estivesse abastecido adequadamente, mas, como essa etapa seria muito curta, não tinha trazido vinho nem pão para mim e trouxera pouco mais de 1 libra de pão preto para minha amiga. Some-se a isso que eu e Modestine estávamos belamente encharcados pelas pancadas de chuva. Mas, agora, se eu tivesse conseguido encontrar um pouco de água, teria acampado de imediato apesar de tudo. Contudo, dada a completa ausência de água, a não ser na forma de chuva, resolvi voltar para Fouzilhic e pedir a um guia que me acompanhasse um pouco mais pelo caminho: "Empresta-me tua mão guia um pouco mais"[6].

Coisa fácil de decidir e difícil de realizar. Nessa escuridão grossa e uivante, eu não tinha certeza de nada a não ser da direção do vento. Para ela virei o rosto; a estrada desapareceu e fui cruzando o terreno, ora por campos pantanosos, ora surpreendido por muralhas intransponíveis para Modestine, até avistar de novo algumas janelas vermelhas. Dessa vez, estavam dispostas de maneira diferente. Não era Fouzilhic, mas Fouzilhac, um arraial pouco distante do outro no espaço, mas separado por mundos no espírito dos habitantes. Amarrei Modestine a um portão e avancei às apalpadelas, tropeçando em pedras, afundando até os joelhos no pântano, até conseguir entrar na vila. Na primeira casa iluminada, havia uma mulher que não queria abrir para mim. Gritava através da porta que não podia fazer nada, pois era sozinha e coxa, mas que eu podia bater na casa ao lado, onde havia um homem que poderia me ajudar se estivesse disposto.

Acorreram em bando à porta ao lado um homem, duas mulheres e uma menina e trouxeram um par de lanternas para examinar o caminhante. O homem não era de má aparência, mas tinha um sorriso matreiro. Encostou-se

---

6 Verso de *Samson Agonistes*, de John Milton (1608-1674).

no batente e ouviu o relato da minha situação. Tudo que pedi foi um guia até Cheylard.

"*C'est que, voyez-vous, il fait noir*"[7], disse ele.

Disse-lhe que era por esse mesmo motivo que precisava de ajuda.

"Entendo", ele disse, aparentando desconforto. "*Mais – c'est – de la peine.*"[8]

Eu estava disposto a pagar, disse-lhe. Ele balançou a cabeça. Subi o preço até 10 francos, mas ele continuava a balançar a cabeça. "Dê o seu preço então", disse eu.

"*Ce n'est pas ça*"[9], ele disse por fim e com evidente dificuldade; "mas não vou cruzar a porta – *mais je ne sortirai pas de la porte*".

Comecei a esquentar-me e perguntei-lhe o que sugeria que eu fizesse.

"Para onde você vai depois de Cheylard?", ele perguntou como resposta.

"Não é assunto seu", redargui, pois não ia tolerar a curiosidade animalesca dele. "Não muda nada na minha complicação atual."

"*C'est vrai, ça*", ele reconheceu com uma risada. "*Oui, c'est vrai. Et d'où venez-vous?*"[10]

Mesmo um homem melhor do que eu teria ficado exasperado.

"Ah", falei. "Não vou responder a nenhuma das suas perguntas, de maneira que você pode se poupar do trabalho de as fazer. Já estou atrasado o bastante, quero ajuda. Se você não vai me guiar, pelo menos me ajude a encontrar alguém que o faça."

---

7 "É que, veja, está escuro."
8 "Mas – é – uma pena."
9 "Não é isso."
10 "Isso é verdade." [...] "Sim, é verdade. E de onde o senhor vem?"

"Espere um pouco", ele gritou de repente. "Não foi você que passou pelo pasto enquanto ainda era dia?"

"Sim, sim", disse a menina, que eu não tinha reconhecido até então. "Foi este senhor; eu disse para ele seguir a vaca."

"E você, senhorita", eu disse, "é uma *farceuse*[11]".

"E", acrescentou o homem, "que diabos você fez para ainda estar aqui?"

Que diabos mesmo! Mas lá estava eu.

"O importante", disse eu, "é acabar com isto". E mais uma vez lhe propus que me ajudasse a encontrar um guia.

"*C'est que*", ele disse de novo, "*c'est que – il fait noir*"[12].

"Muito bem", eu disse, "leve uma das suas lanternas".

"Não", ele gritou, dando um passo atrás na sua mente para de novo entrincheirar-se numa das suas frases anteriores: "Não vou cruzar a porta".

Olhei para ele. Vi um pavor verdadeiro lutar no seu rosto contra uma vergonha verdadeira. Ele sorria com dó e molhava os lábios com a língua, como um aluno pego em flagrante. Apresentei-lhe um breve esboço do meu estado e perguntei o que devia fazer.

"Não sei", ele disse, "não vou cruzar a porta".

Aqui estava a Besta de Gévaudan, sem dúvida.

"O senhor", eu disse, da maneira mais autoritária, "é um covarde".

E com isso dei as costas à família, que se apressou em se retirar para dentro da sua fortaleza; e a famosa porta fechou-se novamente, mas não antes de eu escutar o som de risos. *Filia barbara pater barbarior.*[13] Deixe-me dizer no plural: as Bestas de Gévaudan.

---

11 Farsista.

12 "É que" [...] "é que – está escuro".

13 Filha bárbara, pai mais bárbaro ainda.

As lanternas tinham me ofuscado um pouco, e me embrenhei angustiado por pedras e monturos. Todas as outras casas da vila estavam escuras e silenciosas e, apesar de eu bater a uma ou outra porta, as batidas ficaram sem resposta. Era mau negócio. Deixei Fouzilhac com impropérios. A chuva tinha parado e o vento, que não cessou de aumentar, começou a secar meu casaco e minhas calças. "Muito bem", pensei, "com ou sem água, preciso acampar". Mas a primeira coisa a fazer era retornar a Modestine. Estou bem certo de que foram uns vinte minutos de caminhada às apalpadelas até encontrar minha dama no escuro. E se não fosse a ajuda ingrata do pântano, em que afundei de novo, era bem provável que eu a procurasse até o amanhecer. A questão seguinte era encontrar o abrigo de uma árvore, pois o vento era tão frio quanto impetuoso. Como, nessa região repleta de bosques, fui capaz de demorar tanto tempo para encontrar uma árvore é mais um dos mistérios insolúveis desses dias de aventura, mas dou a minha palavra de que gastei quase uma hora para fazer a descoberta.

Por fim árvores negras começaram a surgir à minha esquerda e, cruzando as estradas, formaram uma repentina caverna de escuridão absoluta bem à minha frente. Chamo-a de caverna não por exagero; passar embaixo daquele arco de folhas era como entrar num calabouço. Apalpei ao redor até encontrar um galho robusto, onde amarrei Modestine, uma burrica desfigurada, encharcada e abatida. Então baixei o fardo, apoiei-o contra a mureta à margem da estrada e desafivelei as fitas. Eu sabia bem onde estava a lanterna, mas e as velas? Vasculhei e vasculhei por entre os artigos amontoados e, enquanto vasculhava, toquei de repente a lâmpada de álcool. Salvação! Ela me serviria bem para o momento. O vento uivava incansável por entre as árvores. Eu podia ouvir o chacoalhar dos galhos e o farfalhar das folhas por meia milha de floresta;

contudo, o cenário do meu acampamento não era apenas negro como um fosso, mas oferecia um abrigo admirável. No segundo fósforo, o pavio pegou fogo. A luz era ao mesmo tempo lívida e bruxuleante, mas me cortou do resto do universo e dobrou a escuridão da noite ao redor.

Amarrei Modestine de uma maneira mais confortável para ela e parti metade do pão preto para lhe dar de jantar, reservando a outra metade para a manhã. Então juntei o que gostaria de ter ao meu alcance, tirei as botas e polainas molhadas, que enrolei na lona impermeável, ajeitei a mochila para servir de travesseiro sob a aba do saco de dormir, enfiei o corpo dentro e me fechei como um *bambino*. Abri uma lata de mortadela bolonhesa e parti um bolo de chocolate, e isso foi tudo o que comi. Pode soar ultrajante, mas comi os dois juntos, bocado a bocado, como fossem pão e carne. Tudo de que dispunha para tragar essa mistura era o conhaque puro e simples, uma bebida revoltante em si mesma. Mas eu estava em condições excepcionais e faminto; comi bem e fumei um dos melhores cigarros da minha vida. Então pus uma pedra dentro do meu chapéu de palha, puxei a aba da minha toca de pele até o pescoço e os olhos, coloquei o revólver ao alcance da mão e aconcheguei-me fundo nas peles de ovelha.

No começo, perguntei-me se estava mesmo com sono, pois sentia o coração bater mais rápido do que o normal, como se estivesse nalguma prazerosa aventura alheia à minha mente. Mas logo que as minhas pálpebras se juntaram, aquela cola sutil meteu-se entre as duas, que já não mais se separaram. O vento entre as árvores foi minha cantiga de ninar. Às vezes, soava por minutos seguidos num sopro firme e constante, que não aumentava nem diminuía; e então inflava-se e rebentava feito as ondas, e então as árvores aspergiam-me com gotas grandes da chuva da tarde. Noite após noite, no meu dormitório privado no campo, dei ouvidos a esse concerto perturbador por entre os bosques, mas fosse pela diferença nas árvores, ou pela posição do terreno, ou porque eu estava do lado de fora e no meio dele, o fato é que o vento cantava num tom diferente entre esses bosques de Gévaudan. Escutei e escutei, e nesse ínterim o sono tomou posse gradual do meu corpo e subjugou os meus pensamentos e sensações. Ainda assim, meu último esforço de despertar foi ouvir e distinguir, e meu último estado de consciência foi um maravilhamento com o clamor estranho nos meus ouvidos.

Duas vezes ao longo das horas escuras – uma, incomodado por uma pedra debaixo do saco de dormir, e outra quando a pobre e paciente Modestine, irritando-se, pateou e pulou sobre a estrada – fui trazido de volta à consciência e vi uma estrela ou duas no alto, e o aparente bordado da folhagem contra o céu. Quando acordei pela terceira vez (quarta-feira, 25 de setembro), o mundo estava inundado de luz azul, a mãe da aurora. Vi as folhas correrem com o vento e a faixa de estrada, e, ao virar a cabeça, lá estava Modestine amarrada a uma bétula a meio caminho da via numa atitude de paciência inimitável. Fechei os olhos de novo e comecei a pensar sobre a experiência da noite. Fiquei surpreso em descobrir como fora leve e agradável, mesmo com o clima tempestuoso. A pedra que me incomodou não teria estado ali caso eu não tivesse sido obrigado a acampar às cegas na noite opaca, e não senti nenhum outro inconveniente, exceto quando os meus pés encontravam a lanterna ou o segundo volume do *Pastores do deserto*, de Peyrat, entre outros itens variados do meu saco de dormir. E mais: não senti nenhum toque de frio e acordei com os sentidos leves e aguçados.

Com isso, espreguicei, calcei de novo as botas e polainas e, depois de ter partido o resto do pão para Modestine, circulei para ver em que parte do mundo havia acordado.

Ulisses, deixado em Ítaca e com a mente perturbada pela deusa, não se perdeu de maneira mais agradável. Passei a vida inteira atrás de uma aventura, uma simples e autêntica aventura, como as que couberam aos viajantes heroicos de antigamente, de maneira que ser pego pela manhã num arvoredo aleatório de Gévaudan – sem distinguir norte de sul, tão ignorante dos arredores quanto o primeiro homem do mundo, um náufrago em terra firme – era realizar uma fração das minhas fantasias. Eu estava nas margens de um pequeno bosque de bétulas, salpicado de algumas faias; na parte de trás, juntava-se a outro bosque, de abetos; e, à frente, desfazia-se numa descida ordenada até um vale raso e relvoso. Por toda a volta havia colinas nuas, algumas próximas, outras distantes, à medida que a perspectiva abria ou fechava, mas nenhuma delas aparentava ser muito mais alta do que as outras. O vento empurrava as árvores. As manchas douradas do outono nos abetos agitavam-se como calafrios. No alto, o céu estava repleto de fios e retalhos de vapor, voando, sumindo, reaparecendo e girando sobre eixos como equilibristas, conforme o vento os pastoreava pelo firmamento. O tempo era selvagem e o frio, voraz. Comi um pouco de chocolate, tomei um gole de conhaque e fumei um cigarro antes que o frio tivesse tempo para incapacitar-me os dedos. E quando terminei de fazer tudo isso, e já com o fardo pronto e pendurado na albarda, o dia começava a insinuar-se na soleira do leste. Não tínhamos dado muitos passos pela pista antes de o sol, ainda invisível para mim, enviar um brilho de ouro sobre algumas das nuvens das montanhas enfileiradas ao longo do céu.

O vento nos pegava pela retaguarda, apressando-nos, cortante, para a frente. Abotoei o casaco até o fim e continuei a caminhar com ânimo bem-disposto junto de todos os homens quando, de repente, num canto, Fouzilhic surgia mais uma vez diante de mim. Não só isso, mas lá estava o velho cavalheiro, que me acompanhara até tão longe na noite anterior, correndo para fora de casa ao ver-me, com as mãos levantadas de horror.

"Pobre menino!", gritou. "O que significa isso?"

Contei-lhe o que tinha acontecido. Ele bateu as mãos velhas como as matracas de um moinho ao pensar na leviandade com que me deixou partir; mas, quando ouviu sobre o homem de Fouzilhac, raiva e depressão assaltaram-lhe a mente.

"Desta vez pelo menos", disse, "não haverá erro".

E coxeou comigo, pois era muito reumático, por cerca de meia milha, até quase avistarmos Cheylard, o destino que procurei por tanto tempo.

CHEYLARD E LUC

Para ser honesto, não pareceu valer muito toda a procura. Uns cacos de vilarejo, com nenhuma rua específica, mas uma sucessão de espaços abertos empilhados com troncos e feixes; um par de cruzes inclinadas, um santuário a Nossa Senhora de Todas as Graças no topo de uma colina pequena, tudo isso sobre um rio murmurante das montanhas, no canto de um vale nu. Que vieste ver aqui?, pensei comigo. Mas o lugar tinha uma vida própria. Encontrei um cartaz celebrando as generosidades de Cheylard no último ano, pendurado como um estandarte na igreja diminuta e titubeante. Em 1877, aparentemente, os habitantes haviam destinado 48 francos e 10 centavos para a "Obra de Propagação da Fé". Parte disso, não pude evitar a esperança, seria aplicada à minha própria terra natal. Cheylard amealha meio *pence* para as almas enegrecidas de Edimburgo, ao mesmo tempo que Balquhidder e Dunrossness lamentam que Roma as ignore. Assim, para grande divertimento dos anjos, lançamos evangelistas uns contra os outros, como meninos brigando na neve.

A estalagem era mais uma vez despretensiosa. Toda a mobília de uma família que não era pobre estava na cozinha: camas, berço, roupas, prateleira, baú da despensa e a fotografia do pároco. Havia cinco crianças, uma delas foi fazer as orações da manhã ao pé da escada logo depois da minha chegada, e uma sexta não demoraria muito a aparecer. Fui recebido com gentileza por essa gente boa. Estavam todos muito interessados na minha desventura. O bosque em que eu dormira pertencia a eles; consideraram o homem de Fouzilhac um monstro de iniquidade e aconselharam-me a levá-lo à Justiça – "porque eu poderia ter morrido". A boa dona de casa encheu-se de horror ao me ver tomar mais de um jarro de leite desnatado.

"Vai lhe fazer mal", disse. "Deixe-me fervê-lo para você."

Depois de eu ter começado a manhã com esse licor maravilhoso, e como ela tivesse uma infinidade de coisas de que cuidar, fui autorizado – ou melhor, obrigado – a preparar uma tigela de chocolate para mim. Puseram minhas botas e polainas para secar e, ao ver-me escrever com o diário apoiado sobre o joelho, a filha mais velha desceu uma mesa articulada no canto da lareira para a minha conveniência. Ali escrevi, tomei meu chocolate e por fim comi uma omelete antes de partir. A mesa estava coberta de fuligem, pois, segundo explicaram, não era usada senão no inverno. Eu tinha uma vista clara pela abertura da chaminé, desde os aglomerados castanhos de borralho e do vapor azulado até o céu. E sempre que atiravam um punhado de gravetos ao fogo, a labareda me chamuscava as pernas.

O marido tinha começado a vida como almocreve e, quando cheguei para carregar Modestine, mostrou-se cheio de prudência nessa arte. "Você vai ter de trocar este fardo", disse ele, "deve ser em duas partes, e então poderá ter o dobro do peso".

Expliquei-lhe que não queria mais peso e que por nenhum burro já criado no mundo cortaria o meu saco de dormir em dois.

"Mas isso fadiga a burrinha", disse o estalajadeiro, "fadiga demais durante a marcha. Veja".

Ai! A parte interior das duas pernas dianteiras dela estava num estado semelhante a um pedaço de carne crua e o sangue escorria por debaixo do rabo. Disseram-me, quando comecei, e eu estava pronto para crer, que em poucos dias viria a amar Modestine como se ela fosse um cão. Passaram-se três dias, tivemos algumas desventuras juntos e o meu coração ainda estava frio como uma pedra com relação à minha besta de carga. Era até agradável ao olhar, mas também tinha dado provas de uma estupidez fatal, redimida deveras pela paciência, mas agravada por lampejos de leviandade triste e equivocada. E confesso que a nova descoberta parecia outro ponto contra ela. Para que diabos servia uma jumenta se era incapaz de carregar um saco de dormir e alguns itens de necessidade? Vi o fim da fábula aproximando-se rapidamente, quando eu então teria de carregar Modestine. Esopo foi o homem que conheceu o mundo! Asseguro-lhe que parti com pensamentos pesados para a minha curta marcha do dia.

Não foram apenas os pensamentos pesados sobre Modestine a onerar-me pelo caminho; era um negócio em tudo um pouco plúmbeo. Em primeiro lugar, o vento soprava tão violento que precisei segurar o fardo com uma mão de Cheylard até Luc; em segundo, minha estrada atravessava uma das regiões mais miseráveis do mundo. Era como o pior das Terras Altas da Escócia, só que pior; fria, nua e ignóbil, escassa de madeira, escassa de urzes, escassa de vida. Uma estrada e algumas cercas quebravam a desolação invariável e a linha da estrada era marcada por estacas eretas, úteis no tempo de nevasca.

Por que alguém desejaria visitar Luc ou Cheylard é coisa que vai além daquilo com que o meu engenhoso espírito é capaz de atinar. Da minha parte, não viajo para ir a algum lugar, mas para ir. Viajo por viajar. A grande questão é mover-se; sentir as necessidades e os percalços da vida mais de perto; sair do leito de penas que é a civilização e encontrar sob os pés o globo granítico cheio de farpas cortantes. Ai, quando despertamos para a vida e nos preocupamos mais com os nossos negócios, mesmo um feriado precisa ser preparado com trabalho. Segurar um fardo sobre uma albarda contra uma ventania do norte não é proeza, mas serve para ocupar e ordenar a mente. E, com um presente tão imperioso, quem é capaz de incomodar-se com o futuro?

Cheguei, afinal, sobre o Allier. Seria difícil imaginar panorama mais desagradável nessa estação do ano. Colinas inclinadas erguiam-se ao redor dele por todos os lados, aqui salpicadas com bosques e campos, ali elevando-se a picos que alternavam calvas com cabeleiras de pinheiro. A cor por toda parte era negra ou cinzenta e convergia para as ruínas do castelo de Luc, que despontava impudente abaixo dos meus pés, ostentando num pináculo uma estátua branca e alta de Nossa Senhora, que, ouvi com interesse, pesava 50 quintais e seria consagrada no dia 6 de outubro. Era por essa triste paisagem que corriam estreitos o Allier e um tributário com quase o mesmo tamanho, que descia de um vale amplo e nu em Vivarais para juntar-se a ele. O tempo aliviara um pouco e as nuvens amontoavam-se em esquadrões, mas o vento feroz ainda as caçava pelo céu e projetava grandes jorros desajeitados de sombra e sol sobre a cena.

Luc, por sua vez, era uma fileira dupla de casas espacejadas encravada entre montanha e rio. Não tinha beleza nem nenhuma outra característica notável, salvo o castelo no alto, com os seus 50 quintais de uma Madona nova em folha. Mas a estalagem era limpa e espaçosa. A cozinha – com as duas camas embutidas cobertas por cortinas xadrez limpas; com a larga lareira de pedra e sua prateleira de 4 metros decorada com lanternas e estatuetas religiosas; com a coleção de baús e o par de relógios tiquetaqueando – era o próprio modelo do que uma cozinha deve ser: uma cozinha de melodrama, adequada a bandidos ou nobres disfarçados. O cenário não era em nada enfeado pela dona da casa, uma senhora idosa, bonita, silente e escura, vestida e encapuzada de preto como uma freira. Mesmo o dormitório comum tinha caráter próprio, com as suas mesas e bancos longos, onde podiam comer cinquenta homens, dispostos como numa feira de produtores, e três camas embutidas ao longo da parede. Numa delas, deitado sobre a palha e coberto com um par de guardanapos, eu mesmo fiz penitência a noite inteira arrepiando a pele e batendo os dentes e suspirando, de tempos em tempos quando acordava, pelo meu saco de dormir de pele de ovelha e pelo abrigo de um vasto bosque.

Nossa Senhora das Neves

> Contemplo
> A Casa, a Irmandade austera
> – Que sou eu, para pisar esta terra?
> *Matthew Arnold*

PADRE APOLINÁRIO

Na manhã seguinte (terça-feira, 26 de setembro), tomei a estrada num arranjo novo. O saco de dormir já não estava dobrado, mas pendia de través sobre a albarda, uma salsicha verde de 6 pés com um tufo de lã azul balançando em cada ponta. Era mais pitoresco, poupava a burrinha e, como comecei a notar, garantia a estabilidade em vento forte e vento franco. Mas não foi sem uma pontada de dor que decidi. Pois, embora tenha comprado uma corda nova e atado tudo o mais firmemente que fui capaz, ainda assim sentia um desconforto zeloso ante a possibilidade de as abas abrirem e espalharem os meus pertences ao longo da trilha.

O meu caminho estendia-se pelo vale descampado do rio, margeando Vivarais e Gévaudan. As montanhas de Gévaudan, à direita, eram um pouco mais descobertas, talvez, do que as de Vivarais, à esquerda, e as primeiras tinham um monopólio de vegetação rasteira e pontilhada que cresce espessa nas gargantas para ir morrendo em rebarbas solitárias no pico e nas imediações dele. Blocos pretos de madeira de abeto foram cimentados aqui e ali em ambos os lados, e aqui e ali havia campos cultivados. Uma linha férrea passava ao lado do rio; é o único trecho de linha férrea em Gévaudan, embora existam muitos projetos e estudos em andamento, e mesmo, segundo me dizem, uma estação já de pé em Mende. Daqui a um ou dois anos, isso pode ser um outro mundo. O deserto está sitiado. Agora qualquer habitante do Languedoc poderia verter o soneto de Wordsworth para o *patois*: "Montes e vales e torrentes, vós ouvis esse assovio?".

Num lugar chamado La Bastide fui orientado a deixar o rio e seguir uma estrada que subia pela esquerda por entre os montes de Vivarais, a Ardèche moderna, pois agora eu já estava bem perto do meu estranho destino, o mosteiro trapista de Nossa Senhora das Neves. O sol apareceu quando deixei o abrigo de um bosque de pinheiros e avistei de repente uma bela paisagem natural ao sul. Colinas altas e rochosas, azuis como safiras, fechavam a vista, e entre elas havia, pico sobre pico, arbustos subindo pelas ravinas tão rudes quanto Deus os fizera no princípio. Não havia nenhum sinal da mão do homem em todo o panorama e, com efeito, nem mesmo vestígio da passagem dele, exceto onde sucessivas gerações caminharam por trilhas sinuosas sob as bétulas e fora delas, para cima e para baixo pelas ladeiras sulcadas. A neblina que me assediava até então se dispersava agora em nuvens que fugiam ligeiras e reluzentes à luz do sol. Respirei fundo. Agradeci por encontrar, depois de tanto tempo, um cenário com algum atrativo para o coração humano. Confesso que gosto de pousar os olhos em formas definidas; e se vendessem paisagens, como as folhinhas da minha meninice, 1 *pence* pelas simples e 2 pela colorida, eu faria o esforço de 2 *pences* pelo resto da vida.

Mas, se as coisas melhoravam ao sul, permaneciam desoladas e inclementes por perto. Uma cruz em tripé em cada colina marcava a proximidade de uma casa religiosa; e um quarto de milha mais adiante, com a perspectiva sul abrindo-se e impondo-se a cada passo, uma estátua branca da Virgem no canto de uma plantação recente direcionava o viajante para Nossa Senhora das Neves. Ali, pois, enfiei pela esquerda e segui o meu caminho, conduzindo a minha secular jumenta diante de mim e chiando nas botas e polainas seculares rumo ao abrigo do silêncio.

Não tinha ido muito longe quando o vento me trouxe o clangor de um sino e, por algum motivo que mal consigo explicar, meu coração afundou-se no peito a esse som. Raras vezes aproximei-me de alguma coisa com um pavor mais deslavado do que senti perante o mosteiro de Nossa Senhora das Neves. Isso é por ter recebido uma educação protestante. E, de repente, ao dobrar uma esquina, o pavor me tomou da cabeça aos pés – um pavor servil, supersticioso e, embora não tenha interrompido o meu avanço, continuei devagar, como um homem que tivesse atravessado despercebido uma fronteira e errava pelo país dos mortos. Por ali, numa via estreita e recém-aberta, entre brotos de pinheiro, estava um frei medieval, lutando com uma padiola de grama. Passei todos os domingos da infância estudando os eremitas de Marco Sadeler – gravuras encantadoras, cheias de árvores e campos e paisagens medievais, tão grandes quanto um condado, para que a imaginação pudesse viajar nelas – e aqui, com certeza, estava um dos heróis de Marco Sadeler. Estava vestido de branco como todo espectro, e o capuz caído para trás, dada a intensidade da contenda com a padiola, desvelava uma cachola

51

tão careca e amarela quanto um crânio. Ele poderia ter sido enterrado em qualquer momento desses últimos mil anos, e todas as partes vivas do seu corpo poderiam ser dissolvidas em terra e quebradas pelo rastelo de um fazendeiro. Além disso, também a minha mente se perturbava com a etiqueta. Deveria eu ousar falar com uma pessoa que estava sob voto de silêncio? Claro que não. Mas, ao me aproximar, tirei o chapéu para ele numa reverência distante e supersticiosa. Ele respondeu acenando a cabeça e falou-me com alegria. Estava indo ao mosteiro? Quem eu era? Um inglês? Ah, um irlandês então?

"Não", eu disse, "um escocês".

Um escocês? Ah, ele nunca tinha visto um escocês antes. E olhou-me por inteiro, com o semblante bom, honesto e robusto brilhando de interesse, como um menino olharia um leão ou jacaré. Soube por ele, com desgosto, que não poderia ser recebido em Nossa Senhora das Neves. Poderia conseguir uma refeição, talvez, mas era tudo. E, depois, conforme nossa conversa avançou e ficou claro que eu não era um andarilho, mas um literato que desenhava paisagens e ia escrever um livro, ele mudou o modo de pensar quanto à minha recepção (pois receio que respeitem essas pessoas mesmo num mosteiro trapista) e me disse que eu certamente devia pedir ao padre prior e expor-lhe por completo a minha condição. Pensando melhor, ele decidiu acompanhar-me pessoalmente. Achou que poderia cuidar melhor das coisas assim. Acaso poderia dizer que eu era geógrafo?

Não, pensei, a bem da verdade, decididamente, não poderia.

"Pois bem, então", (desapontado), "um escritor".

Parecia que ele tinha frequentado um seminário com seis jovens irlandeses, todos sacerdotes já havia muito desde então, que recebiam os jornais e o mantinham informado da situação dos assuntos eclesiais na Inglaterra. E perguntou-me avidamente sobre o doutor Pusey, por cuja conversão o bom homem havia continuado a rezar dia e noite desde então.

"Achei-o muito próximo da verdade", ele disse; "e ainda chegará lá; a oração tem tanta força".

Somente um protestante muito rígido e ímpio pode tirar algo que não agrado dessa história cheia de bondade e esperança. Como o assunto estava próximo, o bom padre perguntou-me se eu era cristão; e, quando descobriu que não, ou não do jeito dele, passou-o por alto com excelente boa vontade.

A estrada por que seguíamos, e que o padre vigoroso construíra com as próprias mãos no espaço de um ano, chegou a uma curva e deixou ver algumas construções brancas um pouco distantes, além do bosque. Ao mesmo tempo, o sino soou mais uma vez. Já estávamos quase no mosteiro. O padre Apolinário (pois era esse o nome do meu companheiro) me parou.

"Não posso falar com você aqui embaixo", disse. "Pergunte ao irmão porteiro e tudo ficará bem. Mas tente me ver quando for sair de novo pela floresta, onde posso falar com você. Estou encantando de tê-lo conhecido."

E então, erguendo subitamente os braços, agitando os dedos e gritando duas vezes, "Não posso falar, não posso falar!", ele correu de mim e desapareceu pela porta do mosteiro.

Admito que essa excentricidade um tanto fantasmagórica contribuiu muito para reavivar os meus pavores. Mas onde um era tão bom e simples, por que todos não seriam semelhantes? Tomei coragem e fui em frente rumo ao portão tão rápido quanto Modestine, que parecia desgostar de mosteiros, permitia. Foi a primeira porta desde que nos conhecemos em que ela não mostrou uma pressa indecente para entrar. Bati segundo a forma, mas com o coração trêmulo. Padre Miguel, o padre hospitaleiro, e um par de irmãos em hábito marrom vieram até o portão e falaram comigo por um momento. Acho que o saco de dormir foi a grande atração; ele já tinha enfeitiçado o coração do pobre Apolinário, que insistiu pela minha vida que eu o mostrasse ao padre prior. Mas, fosse pela forma como me dirigi, ou pelo saco, ou pela ideia divulgada com rapidez entre aquela parte da irmandade de que eu não era, afinal, um andarilho, não encontrei dificuldades na minha recepção. Modestine foi conduzida por um leigo até o estábulo, e eu e o meu fardo fomos recebidos em Nossa Senhora das Neves.

OS MONGES

Padre Miguel, um homem agradável, de rosto fresco e sorridente, talvez nos seus 35 anos, me levou até a despensa e me deu um cálice de licor para que eu aguentasse até o jantar. Conversamos um pouco ou, melhor dito, ele escutou o meu palavrório com bastante indulgência, mas com um ar abstraído, como um espírito em face de uma criatura de barro. E, a bem da verdade, quando recordo que dissertei principalmente sobre o meu apetite, e que provavelmente deveriam fazer umas dezoito horas que o padre Miguel tinha comido apenas um pedaço de pão, posso muito bem compreender que ele tenha achado um sabor mundano na minha conversa. Mas os seus modos, embora superiores, eram de uma graça extraordinária; e eu tinha, no fundo, uma curiosidade latente quanto ao passado do padre Miguel.

Administrado o aperitivo, fui deixado só por um instante no jardim do mosteiro. Trata-se tão somente do pátio principal, disposto em caminhos arenosos e canteiros de dálias multicoloridas, com uma fonte e uma estátua negra da Virgem ao centro. Os prédios erguem-se em volta dos quatro lados, lavados, como se ainda não tivessem sido temperados pelos anos e o clima, e sem nenhum traço marcante além de um campanário e um par de empenas em ardósia. Freis em branco, freis em marrom passavam silenciosamente ao longo das aleias arenosas e, logo à minha chegada, três monges encapuzados estavam ajoelhados em oração no terraço. Uma montanha descampada domina o mosteiro por um lado e os bosques o dominam pelo outro. Está exposto ao vento, a neve cai de outubro a maio, e às vezes por seis semanas a fio, mas mesmo se estivessem no Éden, com um clima paradisíaco, os próprios prédios ofereceriam a mesma vista invernal e desanimadora. Da minha parte, nesse dia selvagem de setembro, antes de ser chamado ao jantar senti frio até os ossos.

Depois de ter comido bem e com vontade, o irmão Ambrósio, um caloroso e falante francês (pois todos aqueles que atendem os forasteiros têm liberdade para falar), levou-me até um dormitório na parte do prédio reservada para *M.M. les retraitants*[14]. Era limpo, caiado e fornido com o estritamente necessário, um crucifixo, um busto do papa falecido, a *Imitação* em francês, um livro de meditações religiosas, e a *Vida de Elizabeth Seton*, evangelizadora, aparentemente da América do Norte e da Nova Inglaterra em particular. Pela minha experiência, há muito campo para um pouco mais de evangelização naquelas partes. Mas pensem em Cotton Mather[15]! Eu gostaria de

---

14 Os senhores retirantes.

15 Cotton Mather (1663-1728), ministro do culto puritano na Nova Inglaterra, Estados Unidos. Autor de mais de 450 livros e panfletos políticos, foi um dos interrogadores (e acusadores) no processo da caça às chamadas "bruxas de Salem", em 1692.

ler essa pequena obra para ele no céu, onde espero que habite, mas talvez ele já saiba disso, e mais: talvez ele e a senhora Seton sejam amigos caríssimos que unem com alegria as vozes num salmo perpétuo. Sobre a mesa, para concluir o inventário do quarto, estava pendurada uma lista de regras para *M.M. les retraitants*: a que ofícios deviam comparecer, quando deviam recitar o rosário ou meditar, e quando deviam acordar e dormir. Ao pé da folha, havia uma notável observação: *"Le temps libre est employé à l'examen de conscience, à la confession, à faire de bonnes résolutions etc."*[16]. Tomar boas resoluções, com efeito! Poder-se-ia falar com o mesmo proveito em fazer o cabelo crescer na cabeça.

Eu mal tinha explorado meu canto quando o irmão Ambrósio retornou. Parecia que um pensionista inglês queria conversar comigo. Manifestei a minha concordância e o frei fez entrar um jovem e viçoso irlandezinho de uns 50 anos, diácono da igreja, vestido à risca da maneira canônica e usando na cabeça o que, por falta de conhecimento, chamo de barretina eclesiástica. Ele havia passado sete anos em retiro num convento de freiras na Bélgica e agora cinco em Nossa Senhora das Neves; jamais viu um jornal inglês; falava um francês imperfeito, mas, ainda que falasse como nativo, não havia muita chance de conversa onde habitava. Dito isso, tratava-se de um homem eminentemente sociável, sedento por notícias e com o espírito simples de uma criança. Se eu estava contente por conseguir um guia para o mosteiro, ele não estava menos encantado em ver um rosto inglês e ouvir a língua inglesa.

Ele mostrou-me o próprio quarto, onde passava o tempo entre breviários, bíblias hebraicas e os romances Waverley.

---

16 "O tempo livre deve ser empregado no exame de consciência, na confissão, em tomar boas resoluções etc."

Em seguida, conduziu-me até a clausura, até a sala capitular, através do vestiário, onde estavam pendurados os aventais e largos chapéus de palha dos irmãos, cada um deles com um nome religioso num cartaz – nomes cheios de uma suavidade e um interesse lendários, como Basílio, Hilário, Rafael ou Pacífico. Na biblioteca, havia todas as obras de Veuillot e Chateaubriand, e as *Odes et Ballades*[17], a quem interessar, e mesmo Molière, para não mencionar os inúmeros padres e uma grande variedade de historiadores locais e gerais. Em seguida, meu bom irlandês circulou comigo pelas oficinas, onde os irmãos assam pães, fazem padiolas e tiram fotos; onde um supervisiona uma coleção de curiosidades e outro, uma galeria de coelhos. Pois num mosteiro trapista cada monge tem uma ocupação à própria escolha, além dos deveres religiosos e dos trabalhos gerais da casa. Cada um deles deve cantar no coro, se tiver voz e ouvido, e fazer feno se ainda tiver mãos para manejar a foice, mas, nas horas particulares, embora deva estar ocupado, o monge pode fazer o que gosta. Assim, contaram-me que um irmão se dedicava à literatura, ao passo que o padre Apolinário se ocupava fazendo estradas e o abade se entregava à encadernação de livros. O abade, aliás, tinha sido consagrado havia pouco, disseram-me, e nessa ocasião, por uma graça especial, a mãe dele recebeu permissão de entrar na capela e testemunhar a cerimônia de consagração. Foi um dia de orgulho para ela ver o filho receber a mitra de abade. É agradável pensar que a deixaram entrar.

Ao longo de todo esse ir e vir de um lado para o outro, muitos padres e irmãos silentes apareceram pelo nosso caminho. Geralmente, não nos davam mais atenção do que dariam a uma nuvem, mas algumas vezes o bom diácono

---

17 *Odes e baladas*, de Victor Hugo.

tinha permissão para pedir-lhes algo, que era concedido por um movimento peculiar com as mãos, quase como os das patas de um cachorro nadando, ou recusado pelos sinais comuns de negação, e em ambos os casos com pálpebras baixas e certo ar de contrição, como o de um homem que se abeira perigosamente do mal.

Os monges, por uma graça especial do abade, ainda faziam duas refeições ao dia, mas já era época do seu grande jejum, que começa nalgum ponto de setembro e vai até a Páscoa. Durante esse período, não comem mais do que uma vez em 24 horas, e o fazem às 2 da tarde, doze horas depois de terem começado os trabalhos e as vigílias do dia. As refeições são escassas, mas ainda assim os monges as comem com parcimônia. E, embora cada um tenha direito a um pequeno jarro de vinho, muitos recusam essa indulgência. Sem dúvida, a maior parte da humanidade come bem mais do que precisa; nossas refeições não servem apenas de sustento, mas de diversão calorosa e natural dos labores da vida. Contudo, ainda que o excesso seja prejudicial, eu deveria ter achado a dieta trapista imperfeita. E me espanta, ao recordar, o frescor do rosto e o comportamento alegre de todos que observei. Não acho que jamais tenha visto um grupo mais alegre e saudável. Deveras, nessa terra despojada, somada à ocupação incessante dos monges, a vida é uma prerrogativa incerta, e a morte não é visita infrequente em Nossa Senhora das Neves. Isso, ao menos, foi o que me disseram. Mas, se eles morrem facilmente, devem viver o ínterim com saúde, pois todos aparentavam ter as carnes rijas e bem coradas, e o único sinal de morbidez que pude observar – um brilho incomum no olhar – servia para aumentar ainda mais a impressão geral de viveza e força.

Aqueles com quem falei tinham um temperamento excepcionalmente doce, com algo a que só posso chamar de santa animação no trato e na conversa. Há uma nota, nos avisos aos visitantes, dizendo-lhes para não se ofenderem pelo laconismo daqueles que os atendem, pois convém aos monges falar pouco. Podiam dispensar a nota; os hospitaleiros transbordavam de palavras inocentes com qualquer homem e, pela minha experiência no mosteiro, era mais fácil começar do que terminar uma conversa. Com exceção do padre Miguel, que era um homem do mundo, os monges mostravam-se cheios de um interesse bondoso e saudável em toda sorte de assuntos – política, viagem, o meu saco de dormir – e não deixavam de aparentar certo agrado com o som das próprias vozes.

Quanto àqueles limitados ao silêncio, só posso imaginar como suportam o seu isolamento solene e melancólico. E ainda assim, pondo de lado qualquer juízo sobre a mortificação, consigo enxergar certa política, não apenas na exclusão das mulheres, mas no voto de silêncio. Tenho alguma experiência em falanstérios leigos, de caráter artístico, para não dizer bacanalesco; e vi mais de uma associação formar-se com facilidade para depois dispersar-se com ainda mais facilidade. Com uma regra cisterciense, talvez tivessem durado mais. Na proximidade de mulheres, homens indefesos podem formar apenas associações voláteis; a eletricidade mais forte triunfa inevitavelmente; os sonhos da meninez, os projetos da juventude, são abandonados após um encontro de dez minutos, e as artes e ciências, e a camaradagem profissional masculina, desertadas de uma vez em favor de um par de olhos doces e uma fala carinhosa. E, logo depois disso, a língua é a grande causa de divisão.

Quase sinto vergonha de continuar com esse comentário mundano a uma regra religiosa, mas há ainda outro ponto em que a ordem trapista me parece um modelo de sabedoria. Pelas 2 da manhã, o badalo dá no sino e assim continua, a cada hora, e às vezes a cada quarto de hora, até as 8 horas, a hora do descanso, de maneira que o dia é dividido infinitesimalmente em ocupações diversas. O homem que cria coelhos, por exemplo, apressa-se para ir das gaiolas à capela, à sala capitular ou ao refeitório, o dia inteiro. Cada hora traz um ofício que cantar, um dever que cumprir; das 2 horas, quando ele acorda na escuridão, às 8, quando volta para receber o confortável dom do sono, ele está de pé e ocupado em assuntos múltiplos e variados. Conheço muitas pessoas, cujo salário anual está na casa dos milhares, que não dispõem a própria vida de maneira tão ditosa. Em quantas casas o tom do sino do mosteiro dividindo o dia em porções manejáveis não traria paz ao espírito e atividades saudáveis ao corpo! Falamos de dificuldades, mas a verdadeira dificuldade é ser um tolo insensato e deixar a própria vida desbaratar-se por conta da tolice e da insensatez.

Desse ponto de vista podemos, talvez, compreender melhor a existência do monge. Exige-se um longo noviciado com todo tipo de provas de constância do corpo e do espírito antes da admissão à ordem, mas não posso dizer que muitos desanimam. No estúdio do fotógrafo, que figura tão estranhamente entre os anexos do mosteiro, atraiu-me o olho o retrato de um jovem em uniforme de infantaria. Era um dos noviços, que atingiu a idade do serviço militar e marchou e treinou e montou guarda pelo tempo estabelecido na guarnição de Algiers. Ali estava um homem que certamente viu os dois lados da vida antes de decidir. Contudo, tão logo foi liberado do serviço, retornou para concluir o noviciado.

A regra austera capacita o homem a receber o céu como um direito. Quando o trapista adoece, não abandona o hábito; permanece no leito de morte da mesma forma como orou e trabalhou na sua existência frugal e silenciosa. E quando o Libertador vem, no exato momento, mesmo antes de o carregarem na sua túnica para repousar um pouco na capela entre cânticos contínuos, sinos de alegria repicam, como num casamento, do campanário de ardósia, e proclamam por toda a vizinhança que outra alma foi para Deus.

À noite, sob a guia do meu irlandês gentil, tomei um lugar na galeria para ouvir as Completas e o Salve Regina, com as quais os cistercienses põem termo a cada dia. Não houve nenhuma das circunstâncias que os protestantes consideram infantis ou espalhafatosas nos ofícios públicos de Roma. Uma simplicidade austera, intensificada pelo romantismo dos arredores, falava diretamente ao coração. Lembro-me da capela caiada, das figuras encapuzadas no coro, do canto masculino forte, do silêncio subsequente, da visão de cabeças cobertas inclinadas em oração, e então das batidas incisivas e claras do sino irrompendo para mostrar que o último ofício acabara e que a hora do sono chegara. E, ao recordar, não me surpreende que depois tenha escapulido para o pátio com a imaginação em rodopio, ficando parado como um desnorteado sob a noite ventosa e estrelada.

Mas eu estava cansado, e, quando acalmei o espírito com as memórias de Elizabeth Seton – uma obra insossa –, o frio e o vento frenético atravessando os pinheiros (pois o meu quarto ficava no lado do mosteiro que faz limite com o bosque) dispuseram-me rapidamente ao sono. Fui acordado em plena meia-noite, aparentemente, embora fossem na verdade 2 da manhã, pela primeira badalada do sino. Todos os irmãos acorriam então à capela; os mortos em vida, nessa hora inoportuna, já começavam os duros trabalhos do dia. Os mortos em vida: eis uma reflexão arrepiante. E as palavras de uma canção francesa vieram-me à lembrança, falando do que há de melhor na nossa existência mista:

Que t'as de belles filles,
Giroflé!
Girofla!
Que t'as de belles filles,
L'Amour les
comptera![18]

E eu bendisse a Deus por ser livre para perambular, livre para esperar e livre para amar.

OS HÓSPEDES

Mas havia outro lado da minha estada em Nossa Senhora das Neves. Com a estação quase no fim, não havia muitos hóspedes, contudo eu não estava só na parte pública do mosteiro. Esta fica colada ao portão, com uma pequena sala de jantar no térreo e um corredor inteiro de celas similares à minha no andar de cima. Idiotamente, tinha me esquecido de quanto era a diária para um *retraitant* comum, mas ficava em torno de 3 a 5 francos, acho que mais provavelmente o primeiro valor. Visitantes fortuitos como eu podem dar o que quiser como oferta voluntária, mas nada obrigatório. Convém mencionar que, quando eu estava de partida, o padre Miguel recusou 20 francos por lhe parecer demasiado. Expliquei o raciocínio que me levou a lhe oferecer tanto, mas, mesmo assim, por um curioso ponto de honra, ele não aceitaria a quantia com as próprias mãos. "Não tenho direito de recusar pelo mosteiro", explicou, "mas preferiria que você desse a um dos irmãos".

---

18 Que lindas garotas você tem, / Giroflé! / Girofla! / Que lindas garotas você tem, / O Amor vai contar!

Eu tinha jantado sozinho, por ter chegado tarde; mas encontrei outros dois hóspedes na ceia. Um deles era um pároco de aldeia, que naquela manhã tinha ido a pé da sua sede, perto de Mende, até lá, para desfrutar de quatro dias de solidão e reza. Era o granadeiro em pessoa, com toda a cor e as rugas circulares de um camponês; e, como ele reclamasse muito do quanto as saias o atrapalharam durante a marcha, guardo uma imagem viva e colorida dele, ereto, com os ossos grandes, a batina arregaçada, caminhando a passos largos pelas colinas despojadas de Gévaudan. O outro era um homem baixo, grisalho, atarracado, entre 45 e 50 anos, vestindo um *tweed* e um *spencer* de tricô, com a fita vermelha de uma condecoração na lapela. Tratava-se de uma pessoa difícil de classificar. Era um velho soldado que tinha lutado e chegado à patente de comandante. Ele conservava alguns dos modos impulsivos e decididos do campo de batalha. Por outro lado, assim que recebera a baixa, viera ser pensionista em Nossa Senhora das Neves e, depois de ter experimentado brevemente o modo de vida, decidira permanecer como noviço. A vida nova já começava a lhe modificar a aparência, ele já adquirira um pouco do ar tranquilo e sorridente dos irmãos. De momento, não era nem soldado nem trapista, mas compartilhava da natureza de ambos. E com certeza ali estava um homem numa interessante viragem da vida. Saído do barulho dos canhões e das trombetas, estava no ato de passar para essa região quieta à beira do sepulcro, onde os homens dormiam à noite com os seus trajes sepulcrais e, como fantasmas, comunicavam-se por sinais.

Na ceia, falamos de política. Faço questão de, quando estou na França, pregar a boa vontade e a moderação política, detendo-me no exemplo da Polônia, assim como alguns alarmistas da Inglaterra detêm-se no exemplo de Cartago. O sacerdote e o comandante asseguraram-me a sua simpatia por tudo o que disse e soltaram suspiros pesados acerca da amargura do sentimento contemporâneo.

"Ora, não se pode dizer a um homem qualquer coisa com que ele não concorde absolutamente", disse eu, "sem que ele tenha uma explosão de temperamento".

Ambos declararam que tal estado de coisa era anticristão.

Ainda concordávamos sobre isso quando minha língua tropeçou na menor palavra de elogio para a moderação de Gambetta. O semblante do velho soldado imediatamente impregnou-se de sangue, e ele bateu com as palmas das mãos na mesa como uma criança malcriada.

"*Comment, monsieur?*"[19], gritou. "*Comment?* Gambetta moderado? Tenha a coragem de justificar essas palavras!"

Mas o sacerdote não tinha se esquecido do tom da nossa conversa. E de repente, no auge da fúria, o velho soldado deparou com um olhar de aviso dirigido ao seu rosto. Deu-se conta do absurdo daquele comportamento num instante e a tempestade chegou a um fim abrupto sem mais outra palavra.

Foi apenas na manhã seguinte, durante o café (sexta-feira, 27 de setembro), que a dupla descobriu que eu era um herege. Imagino que os confundira com algumas manifestações de admiração pela vida monástica ao nosso redor e foi somente por uma pergunta à queima-roupa que a verdade surgiu. Fui tratado com bastante tolerância pelo simples padre Apolinário e o astuto padre Miguel; e o bom diácono irlandês, ao ouvir a minha fraqueza religiosa, apenas me deu um tapinha no ombro e disse: "Você precisa ser católico e ir para o céu". Mas eu agora estava em meio a uma seita diferente de ortodoxos. Esses dois homens eram amargos e eretos e estreitos, como o pior dos escoceses, e

---

19 "Como assim, senhor?"

com efeito, no fundo do coração, imagino-os ainda piores. O sacerdote fungou alto como um cavalo de batalha.

"*Et vous prétendez mourir dans cette espèce de croyance?*"[20], ele quis saber, e não há tipo usado por impressores mortais grande o suficiente para marcar o tom de voz dele.

Indiquei humildemente que não tinha planos de mudar.

Mas ele não podia deixar passar uma atitude tão monstruosa. "Não, não", gritou, "você deve mudar. Você veio até aqui, Deus o conduziu até aqui e você deve abraçar a oportunidade".

Troquei de política. Apelei ao amor da família, embora estivesse falando com um sacerdote e um soldado, duas classes de homem cujas circunstâncias apartavam dos laços gentis e domésticos da vida.

"Seu pai e sua mãe?", gritou o sacerdote. "Muito bem. Você os converterá também quando voltar para casa."

Acho que vejo o rosto do meu pai! Eu preferiria lutar contra o leão da Getúlia na sua cova a embarcar em tal empresa contra o teólogo da família.

Mas agora a caça estava aberta. Sacerdote e soldado clamavam a plenos pulmões pela minha conversão, e a Obra de Propagação da Fé, à qual o povo de Cheylard doara 48 francos e 10 centavos em 1877, era levada a cabo com galhardia contra mim. Um proselitismo estranho, mas eficacíssimo. Nunca procuraram me convencer na base da argumentação, na qual eu talvez pudesse ensaiar alguma defesa, mas davam por certo que eu estava ao mesmo tempo envergonhado e aterrorizado naquela situação e impeliam-me unicamente pelo tempo. Agora, diziam, Deus me conduzira a Nossa Senhora das Neves, agora era a hora propícia.

---

20 "E o senhor pretende morrer nessa espécie de crença?"

"Não deixe a falsa vergonha retê-lo", comentou o sacerdote para encorajar-me.

Para alguém que percebe todas as seitas da religião de maneira muito semelhante e que nunca foi capaz, sequer por um momento, de ponderar seriamente o mérito deste ou daquele credo no lado eterno das coisas, por mais que possa ver de elogiável ou reprovável no lado secular e temporal, a situação que se criou era tão injusta como dolorosa. Cometi minha segunda falta de tato e tentei alegar que tudo era a mesma coisa afinal e que todos nos aproximávamos por lados diferentes do mesmo Pai e Amigo bondoso que não faz distinção. Esse, aos espíritos laicos, seria o único evangelho digno do nome. Mas homens diferentes pensam diferentemente, e essa aspiração revolucionária fez o sacerdote cair sobre mim com todos os terrores da lei. Ele lançou-se a recolher os detalhes do inferno. Os condenados, disse – sob a autoridade de um livrinho que lera não fazia uma semana e que, para acrescentar mais convicção à sua convicção, efetivamente pretendera trazer consigo no bolso –, permaneceriam na mesma atitude por toda a eternidade em meio a torturas macabras. E, à medida que discorria dessa forma, o semblante do sacerdote crescia em nobreza com o seu entusiasmo.

Em consequência, a dupla concluiu que eu devia procurar o prior, já que o abade não estava em casa, e apresentar imediatamente o meu caso perante ele.

"*C'est mon conseil comme ancien militaire*", observou o comandante, "*et celui de monsieur comme prêtre*"[21].

"*Oui*", acrescentou o *curé*[22], acenando sentencioso com a cabeça, "*comme ancien militaire – et comme prêtre*".

---

21 "É o meu conselho como ex-militar [...] e também o deste senhor como sacerdote."

22 Cura.

Nesse momento, enquanto eu ainda estava embaraçado pensando em como responder, um dos monges entrou, um sujeitinho marrom, tão vivaz quanto um grilo, com sotaque italiano, e se lançou de imediato na contenda, mas numa veia mais suave e persuasiva, como convinha a um daqueles agradáveis irmãos. Olhe para ele, disse o monge. A regra era muito dura; ele teria gostado muitíssimo de permanecer no seu próprio país, a Itália – todos sabiam o quanto a Itália era bela, a bela Itália –, só que não havia trapistas na Itália e ele tinha uma alma a salvar. E aqui estava ele.

Receio que no fundo eu seja aquilo de que me apelidou um feliz crítico indiano, "um hedonista barato", pois essa descrição dos motivos do irmão foi-me um tanto chocante. Eu preferiria pensar que ele tinha escolhido a vida por si mesma, e não por desígnios ulteriores. Isso mostra o quão profundamente eu estava longe da simpatia desses bons trapistas, ainda que fizesse o melhor para simpatizar. Mas ao *curé* o argumento pareceu decisivo.

"Ouça isso!", gritou. "E eu vi um marquês aqui, um marquês, um marquês" – ele repetiu a palavra sagrada três vezes – "e outras pessoas grandes na sociedade e generais. E aqui, ao seu lado, está esse cavalheiro, que esteve tanto tempo nos exércitos – um velho guerreiro condecorado. E aqui está ele, pronto para dedicar-se a Deus".

A essa altura eu estava tão completamente constrangido que aleguei sentir frio nos pés e fugi para a minha cela. Era uma manhã de vento furioso, com um céu bastante clareado e intervalos longos e potentes de sol. Perambulei pela mata no sentido leste até o almoço, cruelmente empurrado e fustigado pela ventania, mas recompensado com algumas vistas marcantes.

No almoço, a Obra de Propagação da Fé recomeçou, e nessa ocasião de maneira ainda mais desgostosa para mim. O sacerdote fez-me muitas perguntas a respeito da fé desprezível dos meus pais e recebeu minhas respostas com uma espécie de risinho eclesiástico.

"A sua seita", disse uma vez, "pois acho que você reconhece que seria honra demasiada chamá-la de religião".

"Como quiser, *monsieur*", disse eu. *"La parole est à vous."*[23]

No fim das contas, aborreci-me além do suportável, e embora ele estivesse em campo próprio e, o que vem mais ao caso, fosse um idoso, de modo que fazia jus à minha tolerância, não consegui conter um protesto contra a falta de civilidade. Ele ficou tristemente desconcertado.

"Asseguro-lhe", ele disse, "não tenho a menor vontade de rir no coração. Não tenho nenhum outro sentimento senão o interesse em sua alma".

E aí terminou a minha conversão. Homem honesto! Não era um enganador perigoso, mas um pároco de aldeia, cheio de zelo e fé. Que possa percorrer Gévaudan por muito tempo com a sua batina arregaçada – um homem forte para caminhar e forte para confortar os seus paroquianos na morte! Ouso dizer que venceria com bastante coragem uma nevasca se o dever chamasse. Nem sempre o crente mais fiel é o apóstolo mais hábil.

---

23 "A palavra é sua."

Alto Gévaudan
(continuação)

O quarto pronto, a cama preparada,
A noite, à hora justa, estrelada;
O ar parado, ao lado o rio corrente;
Não carece criado, aio ou servente,
Quando chegamos lá, meu burro e eu,
No verde caravançará de Deus.
Drama antigo

ATRAVÉS DO LA GOULET

O vento diminuiu durante o almoço e o céu permaneceu limpo, de maneira que foi sob os melhores auspícios que carreguei Modestine diante do portão do mosteiro. O meu amigo irlandês acompanhou-me até lá. Quando passamos pelo bosque, lá estava o padre Apolinário empurrando o seu carrinho de mão. Ele também abandonou os afazeres para ir comigo por talvez umas 100 jardas, sempre segurando a minha mão entre as suas à frente de si. Despedi-me de um e de outro com desgosto evidente, mas também com a animação do viajante que sacode a poeira de um estágio antes de apressar-se rumo ao seguinte. Depois Modestine e eu subimos pelo curso do Rio Allier, que aqui nos leva de volta a Gévaudan na direção da sua nascente na floresta de Mercoire. Não passava de um córrego nada notável quando deixamos de nos orientar por ele. De lá, sobre uma colina, nosso caminho se estendia por um platô descoberto, até que chegamos a Chasseradès ao pôr do sol.

A companhia na cozinha da estalagem naquela noite era toda composta de homens empregados em estudos para um dos projetos de vias férreas. Eram inteligentes e de conversa agradável, e decidimos o futuro da França com um vinho quente até os ponteiros do relógio nos afugentarem para a cama.

"Hé, bourgeois; il est cinq heures!"[24] foi o grito que me acordou de manhã (sábado, 28 de setembro). O quarto estava repleto de uma escuridão translúcida, que me mostrava difusamente as outras três camas e as cinco toucas de dormir diferentes sobre os travesseiros. Mas do lado de fora da janela a aurora crescia rósea num longo cinturão sobre o topo das colinas, e o dia estava prestes a inundar o platô. A hora era inspiradora e parecia existir a promessa de um clima ameno, que se cumpriu plenamente. Logo me pus a caminho com Modestine. A estrada seguia um pouco pelo platô para depois descer por um vilarejo escarpado até o vale do Rio Chassezac. Esse riacho corre por entre prados verdejantes, bem escondido do mundo pelas margens íngremes. As giestas estavam em flor, e aqui e ali havia uma aldeia soltando fumaça para cima.

Por fim a trilha atravessava o Rio Chassezac por uma ponte e, deixando para trás esse vale profundo, continuava até cruzar o monte La Goulet. Avançava então por Lestampes em meio a campos elevados e bosques de faia e bétula, e cada curva sua me conduzia a um encontro com algum interesse novo. Ainda no barranco do Chassezac chegou-me ao ouvido um barulho semelhante ao de um sino grande e grave soando à distância de muitas milhas, mas o barulho, à medida que continuei a subir e me

---

24 "Ei, burguês, são cinco horas!"

aproximar dele, pareceu mudar de natureza, e descobri afinal que vinha de alguém conduzindo os seus rebanhos ao campo ao som de uma corneta rural. A estreita rua de Lestampes estava repleta de ovelhas, de ponta a ponta – ovelhas pretas e brancas, balindo num acorde semelhante aos dos pássaros na primavera, cada qual acompanhada de uma sineta em volta do pescoço. Formavam um concerto patético, todo em agudos. Um pouco mais para cima passei por um par de homens com foices de poda numa árvore, e um deles cantava a música de uma *bourrée*[25]. Ainda mais à frente, quando eu já entrava pelas bétulas, o cacarejar dos galos chegou animadamente aos meus ouvidos e junto com ele a voz de uma flauta tocando uma melodia lenta e lúgubre de um dos vilarejos das alturas. Imaginei comigo mesmo algum professorzinho da roça, grisalho e de bochechas redondas, flauteando no seu trecho de jardim ao sol claro do outono. Todos esses sons belos e interessantes me encheram o coração com uma expectativa invulgar. Pareceu-me que, assim que passasse a serra que eu estava subindo, desceria ao jardim do mundo. E não fui enganado, pois agora cessaram chuvas e ventos e regiões sem graça. A primeira parte da minha jornada terminou aqui; e tudo isso foi como uma introdução de sons doces a outros mais belos.

Há outros graus na sorte, como nas penalidades além da pena capital. E os bons espíritos me conduziram agora a uma aventura que relato em benefício dos futuros burriqueiros. Era tamanho o zigue-zague da estrada na encosta que escolhi, com mapa e bússola, um atalho e enfiei pela vegetação rasteira para retornar à estrada num patamar mais elevado. Foi o meu único conflito sério com Modestine. Ela não queria saber do meu atalho. Deu meia-volta,

---

25 Dança francesa do século XVII.

recuou, deu ré. Ela, a quem até então eu imaginava muda, chegou a zurrar num tom alto e rouco, como um galo cantando à aurora. Segurei o aguilhão com uma mão; com a outra, tão íngreme era a subida, tive de agarrar-me à albarda. Por meia dúzia de vezes a burrinha quase caiu de costas por cima de mim; por meia dúzia de vezes, por simples falta de forças, quase desisti e a desci de novo para seguir a estrada. Mas encarei a coisa como um desafio e lutei até o fim. Fui surpreendido, ao retomar o caminho, pelo que pareciam ser gotas frias de chuva me caindo na mão, e mais de uma vez levantei os olhos cismados para o céu sem nuvens. Mas se tratava apenas do suor que pingava da minha testa.

No topo do La Goulet não havia estrada demarcada – apenas pedras levantadas postas em distâncias iguais para guiar os pastores. A relva sob os meus pés era cheirosa e primaveril. Não tive companhia senão uma ou duas cotovias e encontrei apenas um carro de boi entre Lestampes e Bleymard. Vi diante de mim um vale raso, e depois dele a serra do Lozère, esparsamente florestada e até que bem torneada nos lados, mas reta e sem graça no contorno. Mal havia sinal de cultura. Só perto de Bleymard é que a estrada branca de Villefort a Mende atravessava uma série de prados, cheios de choupos espiralados, com o som de lado a lado dos sinos das rezes e dos rebanhos.

UMA NOITE ENTRE OS PINHEIROS

Depois do almoço em Bleymard, embora já fosse tarde, parti para escalar um pedaço do monte Lozère. Um caminho de gado mal demarcado guiou o meu avanço, e cruzei com quase meia dúzia de carros de bois descendo dos bosques, cada um carregado com um pinheiro inteiro para o fogo de inverno. No topo dos bosques, que não chegam a ser muito altos nessa encosta fria, tomei a esquerda por uma trilha entre os pinheiros, até dar com uma valeira de relva verdejante, onde um riachinho criava uma bica sobre as pedras que me serviu de torneira. "Em recanto mais oculto e sagrado [...] nem ninfa nem fauno assombraram."[26] As árvores não eram velhas, mas cresciam espessas ao redor da clareira: não havia vista, a não ser a nordeste para os cumes distantes, ou diretamente acima, para o céu; e o acampamento dava a sensação de segurança e privacidade de um quarto. Quando terminei os preparativos e alimentei Modestine, o dia já começava a declinar. Enfiei-me até os joelhos no saco de dormir e tomei uma refeição generosa; e logo que o sol se pôs puxei a touca sobre os olhos e caí no sono.

A noite é um período morto e monótono sob um teto, mas passa leve a céu aberto, com as suas estrelas e orvalhos e perfumes, e as horas são marcadas pelas mudanças no rosto da natureza. O que parece uma espécie de morte temporária às pessoas sufocadas entre paredes e cortinas é somente um cochilo leve e vívido para o homem que dorme no campo. Ao longo da noite inteira ele ouve a natureza respirar profunda e livremente; mesmo durante o descanso, ela se volta para ele e sorri; há uma hora buliçosa, desconhecida daqueles que habitam casas, quando uma influência desperta se estende sobre o hemisfério adormecido e todo o mundo externo está de pé. É então que o galo canta pela primeira vez, dessa vez não para anunciar a aurora, mas como um vigilante animado que apressa o curso da noite. O gado acorda nos pastos; as ovelhas desjejuam nas encostas orvalhadas e mudam-se para um novo abrigo entre as avencas; e homens sem casa,

---

26 Versos de *Paraíso perdido*, de John Milton.

que se deitaram com as galinhas, abrem os olhos baços e contemplam a beleza da noite.

Com quais chamados inaudíveis, com que toque delicado da natureza não são todos esses dorminhocos trazidos na mesma hora à vida? Acaso as estrelas aspergem uma influência, ou partilhamos algo dos sentimentos da mãe terra sob os nossos corpos em repouso? Mesmo os pastores e a velha gente do campo, que são os mais versados nesses arcanos, não têm sequer um palpite quanto ao significado ou propósito dessa ressurreição noturna. Perto das 2 da manhã, declaram, é que a coisa ocorre; e não sabem nem procuram saber mais sobre ela. E pelo menos se trata de um incidente agradável. Somos perturbados no sono, como o garboso Montaigne, "a fim de que o possamos gozar melhor e mais a fundo". Temos um momento para levantar os olhos para as estrelas. E alguns espíritos tiram um prazer especial ao refletir que compartilhamos um impulso com todas as criaturas do campo na vizinhança, que talvez tenhamos escapado da Bastilha da civilização e nos tornado, por ora, um reles animal manso e uma ovelha do rebanho da natureza.

Quando essa hora chegou para mim entre os pinheiros, acordei com sede. O meu cantil estava ao lado, com água até a metade. Esvaziei-o de um gole; e, sentindo-me bem acordado com a aspersão interna fria, sentei-me ereto para enrolar um cigarro. Um vapor lânguido e levemente prateado fazia as vezes da Via Láctea. Ao meu redor, as copas dos abetos negros mantinham-se eretas e imóveis. Por causa do branco da albarda, conseguia ver Modestine dar voltas e mais voltas com a corda esticada; conseguia ouvi-la mastigar o mato; mas não havia nenhum outro som, salvo o murmurar silencioso e indefinido do arroio sobre as pedras. Deito-me para fumar preguiçosamente e examinar a cor do céu, como chamamos o vazio de espaço, desde a parte em que ele exibia um cinza-avermelhado por trás dos pinheiros até a parte em que exibia um negro-azulado e fosco entre as estrelas. Como que para me parecer mais com um mascate, uso um anel prateado, que eu conseguia ver brilhar vagamente ao erguer e baixar o cigarro; e cada tragada me iluminava a parte interna da mão, que por um segundo se tornava a luz mais forte da paisagem.

Um vento fraco, mais para um frescor em movimento do que para uma corrente de ar, passava pela clareira de tempos em tempos, de modo que até no meu amplo aposento o ar se renovava a noite inteira. Lembrei-me horrorizado da estalagem em Chasseradès e do congresso de toucas de dormir; horrorizado das proezas noturnas dos burocratas e estudantes, dos teatros quentes e gazuas e quartos vizinhos. Poucas vezes desfrutei da posse serena de mim mesmo ou me senti mais independente de auxílios materiais. O mundo externo do qual nos encolhemos dentro das nossas casas parecia, afinal, ser um lugar bom e habitável; e noite após noite a cama de um homem parecia pronta à espera dele nos campos, onde Deus mantém as portas abertas. Pensei ter redescoberto uma dessas verdades reveladas aos selvagens e escondidas dos economistas políticos; no mínimo tinha descoberto um novo prazer para mim. E, contudo, mesmo enquanto exultava na solidão, tomei consciência de uma estranha falta. Desejei uma companhia para deitar-se ao meu lado sob a luz das estrelas, em silêncio e imóvel, mas sempre ao meu alcance. Pois há um companheirismo ainda mais silencioso do que a solidão, e que quando compreendido corretamente é a solidão perfeita. E viver a céu aberto com a mulher amada é para o homem, dentre todas as vidas possíveis, a mais completa e livre.

Assim estava eu, entre o contentamento e o desejo, quando um ruído vago me chegou furtivo através dos pinheiros. Pensei, no começo, tratar-se do canto dos galos ou do latido dos cães nalguma fazenda muito distante; mas rápida e gradualmente ele começou a tomar uma forma articulada nos meus ouvidos, até eu me dar conta de que um passante avançava pela estrada principal do vale, e avançava cantando alto. Havia mais boa vontade do que beleza na sua exibição; mas ele cantarolava a plenos pulmões; e o som da voz dele dominava a encosta e fazia o ar do vale estreito e verdejante vibrar. Já escutei gente passar à noite nas cidades adormecidas, algumas cantavam. Lembro-me de um que tocava alto a sua gaita de foles. Já escutei o chacoalhar dos carros de boi ou das carroças surgir depois de horas de calmaria e passar, por alguns minutos, ao alcance do meu ouvido ainda deitado. Há um quê de romance acerca de todos aqueles que estão fora de casa nas horas escuras, e não é sem excitação que tentamos adivinhar o que vão fazer. Mas aqui o romance era duplo: primeiro por causa do passante alegre, aceso por dentro pelo vinho, que soltava a voz em música pela noite; e depois por mim, do outro lado, metido no saco de dormir, fumando sozinho entre os pinheiros, entre 4 ou 5 mil pés na direção das estrelas.

Quando acordei de novo (domingo, 29 de setembro), muitas das estrelas tinham desaparecido. Apenas as companheiras mais fortes da noite ainda cintilavam visíveis no céu; e ao longe, no oeste, vi uma neblina tênue de luz acima do horizonte, tal como a Via Láctea me parecera antes de eu dormir. O dia se aproximava. Acendi a lanterna e, sob a sua luz de vaga-lume, calcei as botas e as polainas; então parti um pouco de pão para Modestine, enchi o cantil na bica e acendi a lâmpada a álcool para ferver um pouco de chocolate para mim. A escuridão azul ainda se deteve por bastante tempo na clareira onde o meu sono fora tão doce; mas logo uma faixa larga cor de laranja se desfez em dourado pelos cumes de Vivarais. Uma alegria solene tomou conta do meu espírito nessa chegada gradual e bonita do dia. Ouvi o murmurar do riacho com prazer; procurei algo belo e inesperado ao meu redor; mas os pinheiros ainda escuros, a clareira vazia e a asna ruminante permaneciam iguais na aparência. Nada se havia alterado senão a luz, e esta, de fato, vertia sobre todos um espírito de vida e de respiração serena e moveu-me a uma euforia estranha.

Bebi a minha água com chocolate, quente se não gostosa, e circulei pela clareira de um lado para outro, para cima e para baixo. Enquanto assim me demorava, uma rajada de vento forte, tão longa quanto um suspiro pesado, irrompeu bem da direção da manhã. Vento frio, que me fez espirrar. As árvores mais próximas agitaram a plumagem escura à sua passagem; e consegui avistar as finas e distantes coníferas ao longo da beira rochosa da colina agitarem-se de leve contra o leste dourado. Dez minutos depois, a luz do sol se espalhou a galope pela encosta, desenhando claros e escuros, e o dia chegara por completo.

Apressei-me em arrumar o fardo e enfrentar a subida íngreme diante de mim; mas tinha algo em mente. Era apenas um devaneio; contudo, os devaneios podem ser importunos às vezes. Eu tivera a mais hospitaleira das recepções e o mais pontual dos serviços na minha estalagem verde. Cômodo arejado, água excelente e a aurora que me chamou no momento certo. Não digo nada da tapeçaria nem do teto inimitável, nem mesmo da vista que as janelas me proporcionavam; mas me senti em dívida para com alguém pelo tratamento tão generoso. Por isso senti vontade, de maneira um pouco divertida, de deixar moedas sobre a relva conforme avançava, até ter deixado o suficiente pelo pernoite. Tenho confiança de que não caíram nas mãos de algum pastor rico e grosseiro.

A região dos *camisards*

Seguimos o rastro das velhas guerras;
Mas por terras verdejantes;
Encontrando amor e paz,
Sem a guerra que houve antes.
Vão sorrindo os rebentos dessa espada –
Não precisam empunhá-la;
Ah, como cresce a seara
Pelo campo de batalha!
W. P. Bannatyne

ATRAVÉS DO LOZÈRE

A trilha que seguira ao anoitecer logo se apagou, e precisei continuar por uma ladeira de mato baixo por entre uma fileira de pilares de pedra, tais como os que me guiaram para o outro lado do La Goulet. Já fazia calor. Amarrei o casaco no fardo e caminhei com o colete de tricô. Até Modestine estava animada e irrompeu por conta própria, pela primeira vez que testemunhei, num trote firme, que fazia a aveia balançar no bolso do meu casaco. A vista mais uma vez era o norte de Gévaudan e alargava-se a cada passo; raras árvores, raras casas apareciam nos campos de montanhas agrestes que se estendiam para o norte, o leste e o oeste, todas azuis e douradas em meio à neblina e à luz do sol matinal. Uma multidão de passarinhos voava e piava ao longo do meu caminho; eles se empoleiravam nos marcos de pedra, ciscavam e empertigavam-se na relva, e os vi disparar em círculos pelo ar azul e exibir, de tempos em tempos, as asas translúcidas e irrequietas entre o sol e mim.

Quase desde o primeiro momento da minha marcha, um ruído vago e espaçoso, como uma distante arrebentação, vinha preenchendo-me os ouvidos. Às vezes tendi a considerá-lo a voz de alguma cachoeira nas imediações e às vezes, o resultado subjetivo da absoluta calmaria da colina. Mas, conforme eu avançava, o ruído aumentava e se assemelhava ao assovio de uma chaleira enorme, e ao mesmo tempo comecei a receber rajadas de ar frio vindas da direção do topo. No fim, compreendi. O vento soprava forte do sul pelo outro lado do monte Lozère, e cada passo que eu dava me aproximava dele.

Embora eu o tenha desejado muito, foi bastante inesperado o momento em que os meus olhos finalmente pousaram sobre o cume. Um passo em nada mais decisivo que os precedentes e – "tal o robusto Cortez com olhos de águia a contemplar o Pacífico"[27] – tomei posse, no meu próprio nome, de um novo canto do mundo. A vista, em vez da tosca muralha de relva que subi por tanto tempo, era o ar nebuloso do céu, e uma terra de montes intrincados e azuis sob os meus pés.

A serra do Lozère estende-se quase de leste a oeste, cortando Gévaudan em duas partes desiguais; o seu ponto mais alto, esse Pico de Finiels sobre o qual eu estava, ergue-se a 5.600 pés acima do mar e em tempo limpo oferece uma vista de todo o Languedoc até o Mediterrâneo. Conversei com gente que ou fingia ou acreditava ter visto, do alto do Pico de Finiels, navios brancos velejando próximos a Montpellier e Cette. Atrás ficava a região ele-

---

27 Trecho do soneto *On First Looking into Chapman's Homer*, do poeta inglês John Keats (1795-1821).

vada do norte pela qual eu viera, povoada por uma raça aborrecida, sem florestas, sem muito da grandiosidade montanhesa e famosa no passado por pouco mais do que os lobos. Mas, diante de mim, semivelado pela neblina ensolarada, abria-se um novo Gévaudan, rico, pitoresco, ilustre por acontecimentos comoventes. Em termos gerais, estive nas Cevenas em Monastier e durante toda a minha jornada; mas há um sentido estrito e local, que apenas essa região confusa e emaranhada que estava aos meus pés faz jus, e é nesse sentido que os locais empregam a palavra. Essas eram as Cevenas com ênfase: as Cevenas das Cevenas. Nesse indecifrável labirinto de colinas, uma guerra de bandidos, uma guerra de bestas selvagens, arrastou-se por dois anos entre o Grande Monarca[28], com todas as suas tropas e marechais de um lado, e uns poucos milhares de montanheses protestantes do outro. Cento e oitenta anos atrás, os *camisards*[29] tiveram um posto exatamente no Lozère, onde eu estava; tinham organização, arsenais, uma hierarquia militar e religiosa; as suas ações eram "a conversa de todos os cafés" de Londres; a Inglaterra enviou esquadras para apoiá-los; os seus líderes profetizavam e matavam; com cores, tambores e o canto de salmos em francês antigo, as suas bandas às vezes afrontavam a luz do dia, marchavam até os muros das cidades e dispersavam os generais do rei; e às vezes à noite, ou disfarçados, tomavam fortificações e vingavam a traição dos aliados e a crueldade dos inimigos. Lá se estabeleceu, 180 anos atrás, o cavalheiresco Roland,

---

28 Rei Luís XIV (1638-1715). Em outubro de 1685, o monarca francês revogou o Edito de Nantes, que assegurava, desde 1598, a liberdade religiosa aos protestantes, e estes passaram a ser perseguidos.

29 *Camisards*: protestantes calvinistas da região das Cevenas que se sublevaram contra as perseguições religiosas impostas por Luís XIV, dando origem, em 1702, à Guerra das Cevenas (ou Guerra dos Camisards).

"Conde e Senhor Roland, generalíssimo dos protestantes franceses", ex-dragão[30], grave, silente, autoritário, bexiguento, a quem uma dama seguia nas andanças do amor. Havia Cavalier, um aprendiz de padeiro com gênio militar, eleito brigadeiro dos *camisards* aos 17 anos para morrer governador inglês de Jersey aos 55. Havia Castanet, líder da resistência com volumosa peruca e gosto por teologia controversa. Generais estranhos, que se retiravam para tomar o conselho do Deus dos Exércitos para fugir ou aceitar o combate, postavam sentinelas ou dormiam num acampamento desguarnecido, segundo o sopro do Espírito em seus corações! E havia, para seguir esses e outros líderes, as fileiras de profetas e discípulos, intrépidos, pacientes, infatigáveis, que corriam corajosos montanha acima celebrando a vida dura com salmos; ansiosos para lutar, ansiosos para orar; gente que ouvia devotamente os oráculos das crianças retardadas e punha misticamente um grão de trigo entre as bolas de peltre com que carregavam os mosquetes.

Até então eu viajara por um distrito sem graça e na trilha de nada mais notável do que a besta devoradora de crianças de Gévaudan, o Napoleão Bonaparte dos lobos. Mas agora estava prestes a baixar no cenário de um capítulo romântico – ou melhor, numa nota marginal romântica na história do mundo. O que restara de toda essa poeira e heroísmo de antanho? Disseram-me que o protestantismo ainda sobrevivia nessa sede patriarcal da resistência protestante; foi isso o que me disse o padre no saguão do mosteiro. Mas ainda me faltava descobrir se se tratava de uma sobrevivência débil ou de uma tradição viva e generosa. De novo, se nas Cevenas do norte a

---

30 Dragões eram os soldados do rei encarregados de converter à força os protestantes.

gente era estreita nos seus julgamentos e mais repleta de zelo do que de caridade, o que eu deveria procurar nessa terra de perseguição e repressão, numa terra onde a tirania da Igreja produziu a rebelião dos *camisards* e o terror dos *camisards* lançou o campesinato católico numa revolta legalizada contra o outro lado, de modo que *camisards* e *florentins*[31] se esgueiravam pelas montanhas a fim de se matarem?

Logo no topo da montanha, onde me detive para contemplar o panorama, a série de marcos de pedra chegava abruptamente ao fim; e só um pouquinho mais abaixo apareceu uma trilha que começava por uma descida perigosíssima e continuava em voltas, como um saca-rolhas. Terminava num vale entre colinas em declive, recobertas de pedras como um campo de grãos ceifado, e, mais abaixo delas, com pastos verdes. Segui precipitado pela trilha; a inclinação da encosta, as contínuas e bruscas curvas da linha de descida e a velha e infatigada esperança de encontrar algo novo numa região nova: tudo conspirou para me dar asas. Um pouco mais para baixo começava um riacho que se compunha de muitas fontes e logo produzia um ruído alegre por entre as colinas. Às vezes, cortava a trilha numa pequena cachoeira, com uma piscina onde Modestine refrescava os pés.

A descida inteira me é como um sonho, tão rápido a completei. Mal tinha deixado o topo e logo o vale encerrou o meu caminho e o sol bateu sobre mim, que caminhava numa atmosfera estagnada de planície. A trilha tornou-se estrada e subia e descia por ondulações fáceis. Passei um casebre após outro, mas todos pareciam desertos; e não vi sequer uma criatura humana, nem

---

31 *Florentins*: nome dado a uma das várias milícias formadas nas paróquias católicas que se opuseram aos *camisards*.

ouvi nenhum som salvo o do riacho. Eu estava, contudo, numa região diferente daquela do dia anterior. Aqui, o esqueleto pétreo do mundo expunha-se vigoroso ao sol e ao ar. As encostas eram íngremes e volúveis. Carvalhos pendiam das montanhas, bem crescidos, abundantes de folhas e tocados pelo outono com cores fortes e luminosas. Aqui e ali outro riacho precipitava-se da esquerda ou da direita por uma garganta de rochas tumultuosas e brancas como neve. O rio no fundo (pois um rio rapidamente se formava, coletando todos os braços ao longo do seu trote) aqui espumava brevemente em corredeiras desabaladas e ali repousava em piscinas do mais encantador verde-mar salpicado com marrons aguados. Até onde fui, não vi outro rio tão volúvel e de matiz mais delicado; um cristal não seria mais claro, a relva não teria metade do seu verde; e a cada piscina que via me sentia movido pelo desejo de livrar-me das vestes empoeiradas e quentes e banhar o meu corpo nu no ar e na água das montanhas. Por todo o tempo que caminhei, jamais me esqueci de que era Sabá; a calmaria era um lembrete perpétuo, e ouvi o espírito dos sinos de igreja clamar pela Europa inteira, junto com os salmos de milhares de igrejas.

Por fim, um som humano chegou-me aos ouvidos: um grito estranhamente modulado entre o patético e o escárnio; e, ao olhar para o outro lado do vale, vi um menininho sentado sobre a relva, com as mãos perto dos joelhos, reduzido quase a uma pequenez cômica pela distância. Mas o malandro me havia notado enquanto eu descia a estrada, de carvalho em carvalho, conduzindo Modestine; e fez as honras da nova região com essa saudação trêmula e aguda. E, como todos os ruídos são agradáveis e naturais a uma distância suficiente, também esse, atravessando tanto ar limpo da montanha e cruzando todo o vale verde, deleitou-

-me o ouvido e pareceu um pouquinho rústico, como os carvalhos ou o rio.

Um pouco depois, o riacho que eu seguia desaguou no Tarn em Pont-de-Montvert, de sangrenta memória.

PONT-DE-MONTVERT

Uma das primeiras coisas que encontrei em Pont-de-Montvert foi, se bem me lembro, o templo protestante; mas foi precisamente esse o modelo das outras novidades. Uma atmosfera sutil distingue uma cidade na Inglaterra de outra na França, ou mesmo na Escócia. Em Carlisle você vê que está noutro país; em Dumfries, a 30 milhas de distância, você tem certeza de que está em outro. Seria difícil para mim dizer em que detalhes Pont-de-Montvert se diferenciava de Monastier ou Langogne, ou mesmo Bleymard, mas a diferença existia e falava com eloquência aos olhos. O lugar, com as suas casas, as suas ruelas, o seu trecho reluzente de rio, ostentava um ar indescritível do sul.

Tudo era agitação dominical nas ruas e nos botequins, assim como tudo tinha sido paz sabática nas montanhas. Devia haver uns vinte de nós no almoço por volta das 11 da manhã; e depois de comer e beber e sentar-me para escrever o diário, imagino que muitos mais foram pingando um por um, ou em pares e trios. Ao atravessar o monte Lozère, eu não tinha apenas penetrado novas paisagens naturais, mas adentrado o território de uma raça diferente. Essas pessoas, enquanto despachavam a sua comida numa intrincada esgrima de facas, questionavam-me e respondiam-me com um grau de inteligência que superava todos os que eu tinha encontrado, com exceção dos ferroviários de Chasseradès. Tinham rostos expressivos e francos e eram de fala e modos vivos. Não apenas entraram por inteiro no espírito da minha pequena viagem como mais de um deles declarou que, se fosse rico o suficiente, partiria numa viagem semelhante.

Mesmo fisicamente houve uma mudança agradável. Eu não tinha visto uma mulher bonita desde a minha saída de Monastier e lá, apenas uma. Agora, das três que se sentaram comigo para almoçar, uma com certeza não era bela – uma coitadinha tímida de 40 anos, bastante embaraçada pela agitação na *table d'hôte*[32], a quem acompanhei e servi vinho; com quem insisti e tentei de maneira geral encorajar, para obter bem o efeito contrário. As outras duas, porém, ambas casadas, eram de uma beleza acima da média das outras mulheres. E Clarisse? O que dizer de Clarisse? Servia à mesa com suave indiferença, como uma vaca dá leite; os seus olhos grandes e cinzentos elevavam-se num langor amoroso; os seus traços, embora carnudos, seguiam um desenho original e preciso; a boca fazia uma curva; a narina deixava ver um orgulho gracioso; a bochecha caía em linhas estranhas e interessantes. Tratava-se de um rosto capaz de fortes emoções e, com prática, prometia oferecer sentimentos delicados. Pareceu-me uma pena ver uma modelo tão boa relegada aos admiradores do campo e à maneira de pensar do campo. Aquela beleza deveria ao menos ter tocado a sociedade; então, num instante, ela deitaria fora o peso que tem sobre si, tomaria consciência de si mesma, vestiria-se de elegância, aprenderia uma forma de caminhar e de erguer a cabeça e, num instante, *patet dea*[33]. Antes de partir, fiz questão de manifestar a Clarisse minha profunda admiração. Ela a tomou como

---

32 Mesa de jantar na qual a família serve as refeições aos hóspedes.
33 Surge a deusa.

leite, sem constrangimento nem encanto, apenas me encarando firme com os olhos grandes. Confesso que o efeito disso em mim foi um pouco de confusão. Se Clarisse fosse capaz de ler inglês, eu jamais ousaria acrescentar que a silhueta dela não era digna do rosto. Ela era um caso de espartilho; mas podia talvez melhorar à medida que avançasse em anos.

Pont-de-Montvert – ou *Greenhill Bridge*, como diríamos na minha terra – é um lugar memorável na história dos *camisards*. Foi aqui que a guerra eclodiu; aqui que esses *covenanters*[34] sulistas mataram o seu arcebispo Sharp[35]. A perseguição, por um lado, e o entusiasmo febril, por outro, são quase igualmente difíceis de compreender nesses dias modernos e calmos, e com as nossas crenças e descrenças tranquilas e modernas. Todos e cada um dos protestantes estavam fora de si por causa do zelo e da mágoa. Eram todos profetas e profetisas. Crianças de peito exortavam os pais a fazer boas obras. "Em Quissac, uma criança de 15 meses nos braços da mãe falou, agitada e soluçante, de maneira distinta e em voz alta." O marechal Villars viu uma cidade em que todas as mulheres "pareciam possuídas pelo demônio", tremiam, tinham convulsões e profetizavam publicamente na rua. Uma profetisa de Vivarais foi enforcada em Montpellier por verter sangue pelos olhos e nariz, e declarou que chorava lágrimas de sangue pelos infortúnios dos protestantes. E não apenas mulheres e crianças. Sujeitos robustos e perigosos, acostumados a manejar a foice ou empunhar o machado, também eram abalados por paroxismos estra-

---

34 Integrantes de um movimento presbiteriano escocês que lutou, no século XVII, pelo fim das perseguições e a imposição das políticas religiosas por parte do rei da Inglaterra, Escócia e Irlanda, Carlos I (1600-1649).

35 Arcebispo James Sharp (1618-1679), assassinado por militantes *covenanters*.

nhos e pronunciavam oráculos entre soluços e torrentes de lágrimas. Uma perseguição de violência insuperável tinha durado quase vinte anos e foi este o resultado para os perseguidos: enforcar, queimar, quebrar, torturar, tudo foi em vão; os dragões deixaram marcas dos cascos de seus cavalos por todo o interior; homens remaram nas galés e mulheres padeceram nas prisões da Igreja; e nem mesmo um só pensamento mudou na cabeça de qualquer protestante altivo.

Ora, o cabeça e precursor da perseguição – depois de Lamoignon de Bâvile –, François de Langlade du Chayla (pronuncia-se Cheilá), arcipreste das Cevenas e Inspetor de Missões na mesma região, tinha uma casa onde às vezes vivia em Pont-de-Montvert. Era uma pessoa conscienciosa, a quem a natureza parecia ter querido pirata, e agora contava 55 anos, idade em que um homem aprendeu toda a moderação de que é capaz. Missionário na China durante a juventude, sofreu o martírio lá, foi deixado para morrer, e socorrido e reanimado apenas pela caridade de um pária. Devemos supor que o pária carecia de clarividência e que não houve malícia intencional no seu ato. Uma experiência assim, poder-se-ia pensar, curaria um homem do seu desejo de perseguir; mas o espírito humano é uma coisa estranha; e, tendo sido mártir cristão, Du Chayla se tornou um perseguidor cristão. A Obra de Propagação da Fé avançou ostensivamente nas suas mãos. A sua casa em Pont-de-Montvert lhe serviu de prisão. Lá, fazia os prisioneiros pegarem em carvão ardente e lhes arrancava os pelos da barba para convencê-los do engano das suas opiniões. Contudo não tinha ele mesmo experimentado e provado a ineficácia desses argumentos carnais entre os budistas da China?

A vida no Languedoc não apenas se tornou intolerável como também a fuga era proibida. Um tal Massip, almocreve bem conhecedor das trilhas montanhosas, já tinha guiado vários grupos de fugitivos para a segurança de Genebra; e foi nele, junto com um comboio composto na sua maioria de mulheres vestidas de homem, que Du Chayla, em má hora para si, pôs as mãos. No domingo seguinte, houve um conciliábulo na floresta de Altefage, no topo do monte Bougès, em que se levantou um tal Séguier – Espírito Séguier, chamavam-no os companheiros –, um cardador de lã alto, rosto escuro e sem dentes, mas um homem cheio de profecias. Ele declarou, em nome de Deus, que o tempo da submissão tinha passado e que era preciso pegar em armas para libertar os irmãos e destruir os sacerdotes.

Na noite seguinte, 24 de julho de 1702, um som perturbou o inspetor de missões na sua casa-prisão em Pont--de-Montvert: as vozes de muitos homens levantadas em salmodia aproximavam-se cada vez mais através da cidade. Eram 10 da noite; Du Chayla estava rodeado pela sua corte de padres, soldados e servos, em número de doze ou quinze; e então, agastado com a insolência de um conciliábulo bem debaixo das suas janelas, ordenou que os seus soldados fossem averiguar. Mas os cantores de salmos já estavam à porta, cinquenta homens liderados pelo inspirado Séguier e respirando morte. Exigiram falar com o arcipreste, mas este, velho perseguidor empedernido, não os atendeu e instruiu a guarnição a atirar contra a multidão. Um *camisard* (pois, segundo alguns, foi no trabalho dessa noite que eles ganharam o nome) caiu aos disparos; os seus camaradas investiram contra a porta com machetes e um caibro, invadiram o andar de baixo da casa, libertaram os prisioneiros e, ao encontrar um deles na *vine*, uma espécie de instrumento de tortura do local e da época, redobraram a fúria contra Du Chayla e tentaram em ataques sucessivos chegar aos andares de cima. Mas ele, da sua parte, já tinha dado a absolvição aos seus homens, que defenderam a escadaria com bravura.

"Filhos de Deus", gritou o profeta, "deem as mãos. Queimemos a casa com o padre e os satélites de Baal".

O fogo logo se alastrou. Por uma janela, Du Chayla e os seus homens desceram para o jardim com lençóis amarrados; alguns escaparam para o outro lado do rio sob as balas dos insurgentes; mas o próprio arcipreste caiu, quebrou o osso da coxa e apenas pôde rastejar até a cerca viva. Quais teriam sido as suas reflexões diante da proximidade do segundo martírio? Um coitado, um homem corajoso, estupefato e odioso, que tinha cumprido o dever de acordo com a sua luz tanto nas Cevenas como na China. Encontrou ao menos uma frase marcante para dizer em defesa própria; pois, quando o telhado desabou e as chamas rampantes revelaram o seu esconderijo e vieram para arrastá-lo à praça pública da cidade, vociferando e o chamando de condenado – "Se sou um condenado", disse ele, "por que vocês vão se condenar também?"

Eis um bom argumento afinal; mas ao longo da sua inspetoria ele tinha dado muitos outros, mais fortes, mencionados contra ele no sentido contrário; e eram esses que ouvia agora. Um a um, Séguier primeiro, os *camisards* se aproximaram e o esfaquearam. "Isto", diziam, "é por meu pai morto na roda. Isto por meu irmão nas galés. Isto por minha mãe ou irmã presa num dos seus malditos conventos". Cada um deu o seu golpe e o seu motivo; em seguida, todos se ajoelharam e cantaram salmos em volta do corpo até o amanhecer. Com o amanhecer, ainda cantando, marcharam para Frugères, Tarn acima, para levar a cabo a sua vingança, deixando a casa-prisão de Du Chayla em ruínas, e o corpo dele perfurado com 52 feridas em praça pública.

Foi um trabalho noturno e selvagem, acompanhado por salmos; e parece que um salmo deve ter sempre uma nota de ameaça nessa cidade à beira do Tarn. Mas a história não acaba, mesmo no que diz respeito a Pont-de-Montvert, com a partida dos *camisards*. A carreira de Séguier foi breve e sanguinária. Mais dois padres e uma família inteira em Ladevèze, do pai aos criados, caíram sob as suas mãos ou ordens; e, contudo, ele não passou mais de um dia ou dois à solta, e a todo momento contido pela presença da soldadesca. Capturado afinal por um famoso mercenário, capitão Poul, pareceu impassível diante dos juízes.

"Seu nome?", perguntaram.

"Pierre Séguier."

"Por que chamam você de Espírito?"

"Porque o Espírito do Senhor está comigo."

"Domicílio?"

"Ultimamente, o deserto, e logo o céu."

"Não se arrepende dos seus crimes?"

"Não cometi crime algum. *Minha alma é como um jardim cheio de abrigos e fontes.*"

Em Pont-de-Montvert, em 12 de agosto, a sua mão direita lhe foi arrancada do corpo e o queimaram vivo. E a sua alma era como um jardim? Então talvez a alma de Du Chayla, o mártir cristão, também o fosse. E, talvez, se você pudesse ler dentro da minha alma, e eu pudesse ler dentro da sua, nossa própria compostura pudesse parecer pouco menos surpreendente.

A casa de Du Chayla ainda está de pé, com um telhado novo, ao lado de uma das pontes da cidade; se você for curioso, pode ver o terraço e o jardim em que o arcipreste caiu.

NO VALE DO TARN

Uma nova estrada vai de Pont-de-Montvert a Florac pelo vale do Tarn; uma beirada plana e arenosa que passa mais ou menos a meio caminho entre o pico dos montes e do rio no fundo do vale; e ao segui-la entrei e saí de baías de sombra e promontórios de sol da tarde. Era uma passagem como a de Killiecrankie; um barranco profundo e curvado nas montanhas, com o Tarn produzindo um alarido rouco e maravilhoso lá embaixo e cumes escarpados erguendo-se contra o sol lá em cima. Uma franja estreita de freixos rodeava o topo das montanhas, como o mato numa ruína; mas, nas encostas mais baixas e bem no alto do vale estreito, as castanheiras erguiam-se em grupos de quatro até o céu com a sua folhagem toldada. Algumas plantadas, cada uma no próprio terraço não maior do que uma cama; algumas, confiando nas próprias raízes, encontraram forças para crescer e prosperar e ficarem eretas e grandes à beira das encostas íngremes do vale; outras, perto da margem do rio, erguiam-se em fileiras, poderosas como cedros do líbano. Contudo, mesmo nos trechos mais densos, as árvores não podiam ser consideradas um bosque, mas um rebanho de indivíduos rijos; e a cúpula de cada castanheira erguia-se grande e isolada, como se fosse uma pequena colina, em meio às cúpulas das companheiras. Elas liberavam um vago perfume doce que permeava o ar da tarde. O outono tinha posto os seus tons de ouro e desdouro no verde; e o sol brilhava através da folhagem ampla e a clareava tanto que cada castanheira ganhava destaque sobre as outras, não pelas sombras, mas pela luz. Foi aqui que um humilde bosquejador abandonou o lápis em desespero.

Eu gostaria de ser capaz de transmitir uma noção do crescimento dessas árvores nobres; de como elas esticam os galhos como um carvalho e arrastam raminhos de folhas como um salgueiro; de como se sustentam em colunas caneladas e eretas que nem os pilares de uma igreja; ou de como elas, que nem as oliveiras, do toco mais despedaçado, são capazes de dar brotos perfeitos e juvenis e começar uma vida nova sobre as ruínas da velha. Assim, partilham da natureza de muitas árvores diferentes; e mesmo os seus topetes espinhosos, vistos de perto contra o céu, têm um certo ar de palmeira que impressiona a imaginação. Mas a individualidade das castanheiras, embora composta de tantos elementos, apenas se torna mais rica e original. E baixar a vista para um patamar repleto desses outeiros de folhagem, ou ver um clã de velhas castanheiras inconquistáveis juntar-se como "um rebanho de elefantes" sobre o esporão de uma montanha, é elevar-se à mais alta reflexão sobre as forças que existem na natureza.

Entre o humor arrastado de Modestine e a beleza do cenário, fizemos pouco progresso a tarde inteira; e afinal deparei com o sol, embora ainda longe de se pôr, já começando a abandonar o vale estreito do Tarn, e comecei a olhar em volta à procura de um lugar para acampar. Não era fácil encontrar: a trilha era estreita demais e o solo, onde não havia trilha, era no geral íngreme demais para um homem se deitar. Eu provavelmente escorregaria a noite toda e acordaria de manhã com os pés ou a cabeça no rio.

Depois de 1 milha talvez, vi, a uns 60 pés acima da estrada, um pequeno platô largo o suficiente para conter o meu saco de dormir e parapeitado com segurança pelo tronco de uma castanheira enorme e idosa. Para lá, a duríssimas penas, espetei e chutei a relutante Modestine, e ali apressei-me a descarregá-la. Só havia espaço para mim sobre o platô, e precisei subir quase a mesma distância de novo antes de encontrar um espaço suficiente para a burrinha poder ficar. Eu estava sobre uma pilha de pedras roladas, num terraço artificial, que com certeza tinha menos de 5 pés quadrados ao todo. Ali a amarrei a uma castanheira e, depois de ter-lhe dado grãos e pão e fazer uma pilha de folhas de castanheiras, pelas quais a vi sôfrega, desci de novo para o meu próprio acampamento.

O lugar dava uma exposição desagradável. Uma ou duas carroças subiram pela estrada; e enquanto durou a luz do dia me escondi, em tudo semelhante a um *camisard* procurado, atrás da fortaleza do vasto tronco da castanheira, pois tinha um medo inflamado de ser descoberto e visitado à noite por malandros. Além disso, vi que precisava acordar cedo, pois esse jardim de castanheiras tinha sido palco de atividades não havia mais do que um dia. A encosta estava recoberta de galhos torcidos, e aqui e ali havia grandes montes de folhas encostados em troncos; pois mesmo as folhas são úteis, e os camponeses servem-se delas como forragem para os animais no inverno. Fiz a refeição com temor e tremor, meio deitado para me esconder da estrada, e ouso dizer que com a mesma preocupação de um batedor do grupo de Joani[36] sobre o monte Lozère, ou de Salomon[37], do outro lado do Tarn, nos velhos tempos de salmodia e sangue. Ou, com efeito, talvez mais, pois os *camisards* tinham uma confiança notável em Deus; então me volta à lembrança a história de como o conde de Gévaudan, cavalgando com um destacamento de dragões e um notário no cepilho para assegurar o juramento de fidelidade em todos os arraiais do país, entrou num vale da floresta e encontrou Cavalier e seus homens almoçando, sentados alegres na grama,

---

36 Nicolas Joani, líder de uma legião de *camisards* que lutou na região do monte Lozère durante a Guerra das Cevenas.

37 Salomon Couderc, líder de outro grupo de *camisards*.

os chapéus coroados com guirlandas de buxo, enquanto quinze mulheres lavavam lençóis no riacho. Assim eram as festas no campo em 1703; a essa época, Antoine Watteau pintava temas similares.

Foi um acampamento bem diferente do da noite anterior na clareira fresca e silenciosa de pinheiros. Estava calor, até abafado, no vale. O canto estridente dos sapos, como a nota em vibrato de um apito com um grão no bojo, subia da margem do rio antes de o sol se pôr. Sob o crepúsculo cada vez mais denso, um vago farfalhar começou de um lado para o outro entre as folhas caídas; de tempos em tempos, um chiado ou piado me entravam pelo ouvido; e de tempos em tempos julguei ter visto o movimento de algo rápido e indistinto entre as castanheiras. Uma profusão de formigas grandes inundava o chão; morcegos passavam aos sacolejos; e mosquitos pairavam sobre mim. Os galhos longos com os seus montes de folhas pendiam contra o céu como guirlandas; e os que estavam imediatamente acima e ao redor de mim tinham o ar de uma treliça arruinada e quase derrubada por uma rajada de vento.

Por muito tempo o sono me fugiu das pálpebras; e justo quando eu começava a sentir a calma esgueirar-se pelos membros e instalar-se densa na mente, um barulho na minha cabeça voltou a deixar-me bem desperto num sobressalto e, confesso com sinceridade, me levou o coração à boca.

Era o tipo de ruído que uma pessoa faz ao arranhar com força; veio de debaixo da mochila que me servia de travesseiro e repetiu-se por três vezes antes de eu ter tempo de me sentar e virar na sua direção. Não havia o que ver, nem mais o que ouvir, além de um pouco do farfalhar misterioso perto e longe e do acompanhamento incessante do rio e dos sapos. Descobri no dia seguinte que os jardins de castanheiras são infestados por ratos; o farfalhar, o chiado e os arranhões provavelmente se deviam a isso. Mas o enigma, por ora, era insolúvel, e precisei me recompor o melhor possível para o sono, cismado com a incerteza sobre a vizinhança.

Despertei no cinza da manhã (segunda-feira, 30 de setembro) ao som de passos não muito distantes das pedras e, ao abrir os olhos, deparei com um camponês andando entre as castanheiras por uma trilha a pé na qual eu não havia reparado até então. Ele não virou a cabeça nem para a direita nem para a esquerda, e desapareceu com poucas passadas por entre a folhagem. Aí estava uma saída! Mas já era mais do que tempo de me pôr em movimento. Os camponeses estavam fora de casa; algo quase tão terrível para mim naquela posição inqualificável quanto os soldados do capitão Poul para um *camisard* destemido. Dei de comer a Modestine com toda pressa possível; mas, ao retornar ao saco de dormir, vi um homem e um garoto descerem pelo lado da montanha numa direção que cruzava a minha. Saudaram-me de maneira ininteligível, que retribuí com sons desarticulados mas alegres, e apressei-me em vestir as polainas.

A dupla, que parecia ser pai e filho, subiu devagar até o platô e permaneceu em silêncio ao meu lado por um tempo. O leito estava aberto e lamentei ver o meu revólver totalmente descoberto sobre a lã azul. Por fim, depois de ambos terem me olhado de cima a baixo e de o silêncio ter-se tornado vergonhoso ao ponto do risível, o homem questionou em tons que aparentemente não eram amistosos:

"Você dormiu aqui?"

"Sim", disse eu. "Como pode ver."

"Por quê?", ele perguntou.

"Pela minha fé", respondi com leveza, "eu estava cansado".

Em seguida ele me perguntou para onde eu iria e o que tinha comido no jantar; e aí, sem a menor transição, "*C'est bien*", acrescentou, "venha". E ele e o filho, sem nenhuma outra palavra, viraram na segunda castanheira, que começaram a podar. A coisa foi mais simples do que eu tinha imaginado. Tratava-se de um homem grave, respeitável; e a voz antipática não implicava a ideia de que ele estava falando com um criminoso, mas apenas com um inferior.

Logo peguei a estrada, mordiscando um bolo de chocolate e ocupando-me seriamente de um caso de consciência. Devia pagar pelo pernoite? Eu tinha dormido mal, a cama estava cheia de pulgas em forma de formigas, não havia água no quarto, até a aurora não se deu ao trabalho de me chamar de manhã. Eu poderia ter perdido um trem, caso houvesse algum a pegar nos arredores. Estava claramente insatisfeito com a hospitalidade; e decidi que não devia pagar a não ser que encontrasse um mendigo.

O vale parecia ainda mais bonito pela manhã; e a estrada logo desceu ao nível do rio. Num lugar onde muitas castanheiras retas e prósperas cresciam juntas, formando um corredor sobre um terraço relvado, fiz as abluções matutinas nas águas do Tarn. Tinham uma limpidez maravilhosa, um frescor surpreendente; a espuma do sabão desaparecia como que por mágica na corrente ligeira e as pedras brancas eram um modelo de limpeza. Lavar-me num dos rios de Deus ao ar livre é para mim uma espécie de solenidade alegre ou ato de louvor semipagão. Esfregar-se nas vasilhas de um dormitório pode talvez limpar o corpo, mas a imaginação não participa dessa limpeza. Prossegui de coração leve e pacífico e cantei salmos ao ouvido do meu espírito enquanto avançava.

De repente, surgiu uma velha, que pediu esmola à queima-roupa.

"Ótimo", pensei; "aí vem a criada com a conta".

E paguei pelo pernoite no local. Entenda como quiser, mas ela foi o primeiro e único mendigo que encontrei durante toda a viagem.

Um ou dois passos à frente fui surpreendido por um velho de touca de dormir marrom, olhos claros, castigado pelo tempo, com um sorriso débil e empolgado. Uma garotinha o seguia, conduzindo duas ovelhas e um bode; ela se manteve atrás de nós, ao passo que o velho caminhou para o meu lado e falou da manhã e do vale. Não era muito depois das 6; e, para a gente saudável que tinha dormido o suficiente, é hora de expansão e de conversa franca e confiada.

"*Connaissez-vous le Seigneur?*"[38], ele disse afinal.

Perguntei-lhe a que senhor se referia, mas ele apenas repetiu a pergunta com mais ênfase e um brilho nos olhos que denotava esperança e interesse.

"Ah", disse eu, apontando para cima, "agora compreendo você. Sim, O conheço; é a melhor das minhas relações".

O velho se disse encantado. "Veja", acrescentou, batendo no peito; "isso me deixa feliz aqui". Havia poucos que conheciam o Senhor nesses vales, ele continuou a me falar; não muitos, mas poucos. "Muitos são chamados", citou, "e poucos os escolhidos".

"Meu pai", disse eu, "não é fácil dizer quem conhece o Senhor; e não é da nossa conta. Protestantes e católicos, e mesmo aqueles que adoram pedras, podem conhecê-lo e ser conhecidos por Ele; pois Ele criou tudo".

Eu não sabia que era um pregador tão bom.

O velho garantiu que pensava como eu e repetiu as suas expressões de encanto por me conhecer. "Somos tão poucos", disse. "Chamam-nos morávios aqui; mas lá embaixo, no departamento de Gard, onde também há

---

38 "Conhece o Senhor?"

um bom número, somos chamados darbistas, por causa de um pastor inglês."

Comecei a compreender que eu figurava, em gosto duvidoso, como membro de alguma seita que me era desconhecida; mas estava mais agradado pelo prazer da companhia do que envergonhado da minha própria posição equívoca. De fato, não vejo desonestidade em não declarar uma diferença; e especialmente nesses assuntos elevados, em que todos temos segurança suficiente de que, não importa quem esteja errado, nós mesmos não estamos completamente certos. Fala-se muito da verdade; mas esse velho de touca de dormir marrom se mostrou tão simples, doce e amistoso que eu não rejeitava a ideia de me professar seu converso. Ele era, na verdade, um irmão de Plymouth. Não faço ideia, nem tenho tempo para me informar, o que isso significa em termos de doutrina; mas sei bem que somos todos passageiros num mundo atribulado, filhos de um mesmo Pai, lutando em muitos pontos essenciais para fazer e tornar-nos a mesma coisa. E, embora tenha sido como que por engano que ele apertou tantas vezes a minha mão e se mostrou tão disposto a receber minhas palavras, foi um erro do tipo que termina em verdade. Pois a caridade começa de olhos vendados; e somente através de uma série de equívocos similares eleva-se enfim ao princípio estabelecido do amor e da paciência e uma firme crença em todos os nossos companheiros. Se enganei esse bom velho, da mesma maneira continuaria de bom grado a enganar outros. E se algum dia, depois de percorrermos os nossos caminhos tristes e separados, todos nos juntarmos na mesma casa, tenho a esperança, a que me aferro com carinho, de que o meu irmão de Plymouth montanhês terá pressa em apertar de novo a minha mão.

Assim, conversando como cristão e fiel pelo caminho, ele e eu chegamos a um arraial às margens do Tarn. Era um lugar humilde, chamado La Vernède, com menos de doze casas e uma capela protestante sobre um outeiro. Aqui morava ele; e aqui, na estalagem, tomei o desjejum. A estalagem era mantida por um jovem simpático, que trabalhava quebrando pedras na estrada, e a irmã, uma garota bonita e cativante. O professor da aldeia apareceu para conversar com o forasteiro. E os três eram protestantes – fato que me agradou mais do que eu deveria ter esperado. E, o que me agradou ainda mais, pareciam todos ser gente direita e simples. O irmão de Plymouth ainda me cercava com uma espécie de interesse carinhoso e voltou ao menos três vezes para ter certeza de que eu gostava da refeição. O comportamento dele me tocou profundamente naquele momento, e ainda hoje me comovo ao recordar. Receava ser intrometido, mas não deixava passar de bom grado nem um momento da minha companhia; e parecia nunca se cansar de apertar a minha mão.

Quando todos os demais se retiraram para ir trabalhar, passei quase meia hora com a jovem dona da casa, que, enquanto costurava, falou de maneira agradável da colheita das castanhas, das belezas do Tarn e dos velhos laços de família, rompidos quando os jovens saem de casa, mas que ainda subsistiam. A natureza dela, estou convicto, era doce, com a franqueza do interior e muita delicadeza oculta aos olhos; e aquele que conseguir ganhar o seu coração sem dúvida será um homem afortunado.

O vale abaixo de La Vernède agradava-me cada vez mais à medida que eu avançava. Ora as montanhas se aproximavam dos dois lados, nuas e instáveis, e muravam o rio entre penhascos; ora o vale se alargava e ficava verde. A estrada me fez passar pelo velho castelo de Miral numa encosta; por um mosteiro ameiado, havia muito desfeito e transformado em igreja ou casa paroquial; além de um aglomerado de telhados pretos, o vilarejo de Cocurès, situado entre vinhedos e prado, e pomares carregados de maçãs vermelhas. Ali, ao longo da estrada, as pessoas derrubavam as nozes das árvores nas beiradas e as juntavam em sacos e cestos. As montanhas, não importava o quanto o vale se alargasse, permaneciam altas e nuas, com ameias rochosas e um cume pontiagudo aqui e ali; e o Tarn ainda chacoalhava num ruído montanhês pelas pedras. Tinha sido induzido, por um mascate de mente algo pitoresca, a esperar uma região horrível segundo o coração de Byron. Mas aos meus olhos escoceses ela pareceu sorridente e abundante, pois o clima ainda produzia o efeito do alto verão no meu corpo escocês; embora as castanheiras já tivessem sido colhidas no outono, e os choupos, que aqui começavam a se misturar com elas, já tivessem assumido um dourado pálido com a proximidade do inverno.

Havia algo na paisagem, sorridente ainda que selvagem, que me explicou o espírito dos *covenanters* sulistas. Na Escócia, todos que se refugiavam nas montanhas por questões de consciência tinham pensamentos sombrios e atormentados; pois, logo que recebiam o conforto de Deus, Satanás redobrava os ataques; mas os *camisards* tinham somente visões luminosas e animadoras. Derramaram muito mais sangue, tanto próprio como alheio; contudo, não encontro nos seus registros qualquer obsessão com o Maligno. De consciência leve, cuidaram da própria vida naqueles tempos e circunstâncias ásperos. A alma de Séguier, não nos esqueçamos, era como um jardim. Eles sabiam que estavam do lado de Deus, com uma certeza sem paralelos entre os escoceses; pois os escoceses, embora possam estar seguros de determinada causa, jamais poderiam confiar numa pessoa.

"Fugimos", diz um velho *camisard*, "quando ouvimos o som do canto dos salmos, fugimos como se tivéssemos asas. Sentimos dentro de nós um ânimo ardente, um desejo arrebatador. O sentimento não pode ser expresso em palavras. É coisa que se deve experimentar para compreender. Não importa o quão cansados estivéssemos, não pensamos mais no cansaço e nos tornamos leves logo que os salmos nos chegaram aos ouvidos".

O vale do Tarn e o povo que encontrei em La Vernède não me explicaram apenas essa passagem, mas os vinte anos de sofrimento daqueles que, tão empedernidos e sanguinários ao se porem em guerra, resistiram com a mansidão das crianças e a constância dos santos e camponeses.

FLORAC

Num braço do Tarn ergue-se Florac, sede de uma subprefeitura, com um velho castelo, uma alameda de plátanos, muitas esquinas excêntricas, uma nascente viva transbordando da montanha. A cidade é notável, além disso, pelas belas mulheres e por ser uma das duas capitais; Alais é a outra, da região dos *camisards*.

O dono da estalagem me levou, depois de eu ter comido, para um café na vizinhança, onde eu, ou melhor, a minha jornada, se tornou o tema da tarde. Todo mundo tinha alguma orientação a sugerir-me; e o mapa subprefeitoral foi trazido da própria subprefeitura e muitos lugares foram apontados entre xícaras de café e taças de licor. A maioria desses gentis conselheiros era protestante, embora eu tenha observado que protestantes e católicos se miscigenavam com muita facilidade; e surpreendeu-me ver a lembrança vívida que ainda subsistia da guerra religiosa. Entre as montanhas do sudoeste, perto de Mauchline, Cumnock ou Casphairn, em fazendas isoladas ou no *manse*[39], presbiterianos sérios ainda recordam os dias da grande perseguição e as tumbas dos mártires locais ainda são vistas com piedade. Mas, nas cidades e entre as chamadas classes melhores, receio que esses fatos antigos se tenham tornado um conto vazio. Se você encontrar um grupo no King's Arms de Wigton, é improvável que a conversa mencione os *covenanters*. Pior: em Muirkirk de Glenluce, descobri que a esposa do bedel não tinha sequer ouvido falar do profeta Peden. Mas esses *cévenols*[40] se orgulhavam dos ancestrais em sentido muito diverso; a guerra era o seu tema de escolha; as façanhas dela eram seu próprio título de nobreza; e onde um homem ou povo tivesse tido apenas uma aventura, e uma aventura heroica, devemos esperar e desculpar alguma prolixidade na referência. Contaram-me que a região ainda estava repleta de lendas por coligir; ouvi falar dos descendentes de Cavalier – não descendentes diretos, entenda-se, mas apenas primos ou sobrinhos – que ainda eram gente próspera no cenário das façanhas do menino-general; e um fazendeiro tinha visto os ossos de velhos combatentes serem desenterrados numa tarde do século XIX, num campo onde os ancestrais lutaram e os bisnetos cavavam tranquilamente.

Mais tarde naquele dia, um dos pastores protestantes teve a bondade de me visitar: era um jovem bom, inteligente e polido, com quem conversei por uma ou duas horas. Florac, disse-me, é parte protestante, parte católica; e a diferença na religião geralmente é duplicada por uma diferença na política. Você pode julgar a minha surpresa – já que eu tinha partido de um purgatório de

---

39 Presbitério.
40 Habitantes das Cevenas.

resmungos como a Polônia que era Monastier – quando descobri que a população convivia em termos bem tranquilos; e que havia mesmo troca de gentilezas entre lares duplamente separados. *Camisard* negro e *camisard* branco,[41] miliciano e miquelete e dragão, profeta protestante e cadete católico da Cruz Branca: todos trocaram estocadas e tiros, queimaram, pilharam e assassinaram, com os corações ardentes de uma paixão indignada. E eis que, depois de 170 anos, o protestante continua protestante, o católico continua católico, em tolerância mútua e vida comum amistosa. Mas a raça humana, como a natureza que surge indomável, possui uma força curativa própria; os anos e as estações trazem várias colheitas; o sol retorna depois da chuva; e a humanidade sobrevive às animosidades seculares, como um homem se liberta das paixões quotidianas. Julgamos os nossos ancestrais de uma posição mais divina; com a poeira um pouco mais baixa, depois de muitos séculos, podemos ver ambos os lados com o enfeite das virtudes humanas e da justiça na sua luta.

Jamais pensei que ser justo é fácil, e vejo diariamente que é ainda mais difícil do que eu pensava. Confesso que encontrei esses protestantes com alegria e um sentido de retorno a casa. Estava acostumado a falar a sua língua, num outro sentido, mais profundo, do que aquele que distingue o francês do inglês; pois a verdadeira Babel é uma divergência na moral. E, portanto, eu conseguia comunicar-me mais livremente com os protestantes e julgá-los com mais justiça do que com os católicos. O padre Apolinário pode estar ao lado do meu irmão de Plymouth montanhês como idoso devoto e sem maldade; contudo, me pergunto se os meus sentimentos eram tão favoráveis

---

41 Os *camisards* negros eram os protestantes, e os brancos, católicos.

no que diz respeito às virtudes do trapista; ou, fosse eu católico, se sentiria a mesma ternura pelo dissidente de La Vernède. Com o primeiro a minha atitude não passou de simples paciência, mas com o segundo, embora apenas na base de um mal-entendido e de ater-me a pontos selecionados, ainda era possível sustentar uma conversa e trocar alguns pensamentos sinceros. Neste mundo de imperfeição, acolhemos com alegria mesmo intimidades parciais. E, se encontramos ao menos uma pessoa com quem nosso coração possa falar com liberdade e com quem possamos caminhar no amor e na simplicidade sem dissimulação, não temos base para brigar com o mundo ou Deus.

NO VALE DO MIMENTE

Na terça-feira, 1º de outubro, partimos de Florac no fim da tarde, uma burrinha cansada e um condutor cansado. Um pouco acima do Tarnon, uma ponte coberta introduziu-nos no vale do Mimente. Montanhas íngremes de rochas vermelhas pendiam sobre a corrente; grandes carvalhos e castanheiras cresciam nas encostas ou em terraços de pedra; aqui e ali havia um campo vermelho de painço ou um punhado de macieiras pontilhadas de maçãs vermelhas; e a estrada cortava direto por dois arraiais sombrios, um com um velho castelo no alto para agradar ao coração do turista.

De novo me foi difícil encontrar um lugar para acampar. Mesmo sob os carvalhos e as castanheiras, o chão não apenas tinha uma inclinação muito acentuada, mas estava repleto de pedras soltas; e onde não havia árvores as montanhas desciam até o riacho num precipício vermelho com tufos de urzes. O sol já tinha abandonado o pico mais alto diante de mim e o vale estava cheio do som cada vez mais baixo das cornetas dos pastores que chamavam os rebanhos de volta ao estábulo, quando entrevi um recôncavo de relva estrada abaixo, numa curva do rio. Para lá desci e, depois de ter amarrado Modestine temporariamente a uma árvore, tratei de investigar os arredores. Uma luz cinza-perolada preenchia a clareira; objetos a pouca distância eram indistinguíveis e misturavam-se entre si de maneira desconcertante; a escuridão subiu firme como um eflúvio. Aproximei-me de um grande carvalho que crescia na relva, bem na beira do rio; foi então que, para o meu desgosto, vozes de crianças me chegaram aos ouvidos e avistei uma casa perto da curva na outra margem. Parte de mim pensou em juntar as coisas e ir embora, mas a escuridão crescente me convenceu a ficar. Eu só precisava não fazer nenhum barulho até que a noite caísse de vez e confiar que a aurora me acordasse de manhã bem cedo. Mas era difícil sentir-se incomodado pelos vizinhos num hotel tão bom.

Um buraco debaixo do carvalho foi minha cama. Antes de eu alimentar Modestine e preparar o saco de dormir, três estrelas já brilhavam intensamente, e as outras começavam a aparecer fracamente. Desci até o rio, que parecia bem preto entre as rochas, para encher o cantil; e jantei com bom apetite no escuro, pois tive escrúpulos para acender uma lanterna tão perto de uma casa. A lua, o pálido crescente que eu vira a tarde inteira, iluminava vagamente o topo das montanhas, mas nenhum raio recaiu sobre a clareira onde eu estava deitado. O carvalho erguia-se sobre mim como um pilar de escuridão; e, no alto, as estrelas inspiradoras já estavam no rosto da noite. Ninguém conhece as estrelas se não dormir, como os franceses dizem de maneira muito feliz, *à la belle étoile*[42]. Uma

---

42 Ao ar livre.

pessoa pode conhecer todos os nomes e distâncias e magnitudes das estrelas e, contudo, ignorar a única coisa que diz respeito à humanidade – a sua serena e alegre influência sobre a mente. A maior parte da poesia é sobre as estrelas; e com muita justiça, pois elas próprias são as mais clássicas dos poetas. E esses mesmos mundos distantes, salpicados como círios ou agitados como pó de diamante no céu, não tiveram aparência diversa para Roland ou Cavalier, quando, nas palavras deste último, "não tinham nenhuma tenda senão o céu, nenhuma cama senão minha mãe terra".

Um vento forte soprou a noite inteira no vale e as bolotas do carvalho tamborilaram sobre mim. Contudo, naquela primeira noite de outubro, o ar estava tão ameno quanto o de maio e adormeci com a touca de lã jogada para trás.

Fui muito perturbado pelos latidos de um cão, animal que temo mais do que qualquer lobo. O cão é muito mais corajoso e além disso tem o apoio do sentido do dever. Se você mata um lobo, recebe incentivos e louvor; mas, se mata um cão, os sagrados direitos de propriedade e de afetos domésticos vêm cercá-lo com os seus clamores por reparação. Ao fim de um dia fatigante, o tom pungente e cruel do latido de um cão é um incômodo penetrante; e, para um andarilho como eu, representa o mundo sedentário e respeitável na sua forma mais hostil. Há algo do clérigo ou do advogado nesse animal fascinante; e, se as pedras não o domassem, mesmo o homem mais corajoso evitaria viajar a pé. Respeito muito os cães no círculo do lar; mas, na estrada, ou no sono ao ar livre, os detesto tanto quanto os temo.

Fui acordado na manhã seguinte (quarta-feira, 2 de outubro) pelo mesmo cão – conhecia o seu latido – disparando pela margem do rio e, logo ao me ver sentar, retirando-se com grande espontaneidade. As estrelas ainda não tinham se apagado de todo. O céu tinha aquele encantador cinza-azulado leve das primeiras horas do dia. Uma luz ainda clara começou a cair e o contorno das árvores do lado da montanha surgiu nítido contra o céu. O vento tinha se desviado para o norte e já não me atingia na clareira; mas, à medida que continuei os preparativos, ele carregou bem rapidamente uma nuvem branca para cima do topo da montanha e fiquei surpreso em ver a nuvem tingida de ouro. Nessas regiões altas do ar, o sol já brilhava como ao meio-dia. Se ao menos as nuvens viajassem alto o suficiente, veríamos a mesma coisa a noite inteira. Porque é sempre dia nos campos do espaço.

Conforme eu subia o vale, uma rajada de vento desceu da sede do nascer do sol, embora as nuvens tenham continuado a correr pelos céus praticamente na direção oposta. Uns passos mais adiante, vi uma montanha com um lado todo dourado de sol; e, um pouco mais à frente ainda, entre dois picos, um centro de radiância estonteante apareceu flutuando no céu; mais uma vez eu estava face a face com a grande fogueira que ocupa o cerne do nosso sistema.

Encontrei apenas um ser humano naquela manhã, um viajante moreno com ares de militar, que carregava um embornal no cinturão; ele fez um comentário que parece digno de registro. Pois, quando lhe perguntei se era protestante ou católico, ele disse: "Ah, não tenho vergonha da minha religião. Sou católico".

Não tinha vergonha! A frase é uma amostra de estatística natural; pois é a linguagem de um membro da minoria. Pensei com um sorriso em Bavile e os seus dragões e em como você pode cavalgar em trote duro sobre uma religião por um século e o atrito apenas a deixa mais viva. A Irlanda ainda é católica; as Cevenas ainda são protestantes. Não é um punhado de documentos legais nem os cascos e as coronhas de um regimento montado que podem mudar uma vírgula dos pensamentos de um lavrador. A gente rústica e trabalhadora não tem muitas ideias, mas as que tem são plantas robustas, prosperam e florescem na perseguição. O homem que cresce por muito tempo no suor de tardes laboriosas e sob as estrelas da noite, que frequenta montanhas e florestas, o velho camponês honesto tem, afinal, um senso de comunhão com as potências do universo e relações amistosas com o seu Deus. Como o meu irmão de Plymouth montanhês, esse homem conhece o Senhor. A sua religião não se assenta sobre uma escolha lógica; é a poesia da experiência do homem, a filosofia da história de sua vida. Deus, como uma potência grandiosa, como um sol grandioso e brilhante, apareceu a esse sujeito simples ao longo dos anos e se tornou a base e a essência das suas menores reflexões; você pode mudar de credo ou dogmas por causa das autoridades, ou proclamar uma nova religião ao som de trombetas, se quiser; mas eis aqui um homem que tem os seus próprios pensamentos e se apegará com teimosia a eles no bem e no mal. É católico, protestante, ou irmão de Plymouth, no mesmo sentido indefensável de que um homem não é mulher, nem uma mulher, homem. Pois ele não é capaz de variar a própria fé, a não ser que fosse capaz de erradicar toda a memória do passado e, num sentido estrito e não convencional, nascer de novo.

O CORAÇÃO DO PAÍS

Eu aproximava-me agora de Cassagnas, um aglomerado de telhados negros sobre a encosta da montanha nesse vale selvagem, entre jardins de castanheiras, e muitos picos rochosos me cercavam ao ar livre. A estrada ao longo do Mimente é nova e os montanheses ainda não tinham se recuperado da surpresa que foi a chegada da primeira carroça em Cassagnas. Mas, embora se situe tão afastado da corrente dos negócios humanos, esse arraial já fez figura na história da França. Bem perto, nas cavernas da montanha, estava um dos cinco arsenais dos *camisards*; onde guardavam roupas e grãos e armas para a necessidade, onde forjavam baionetas e sabres e faziam a própria pólvora com carvão de salgueiro e salitre fervidos em caldeirinhas. Às mesmas cavernas, em meio a essa múltipla indústria, os doentes e feridos eram levados para sarar; lá eram visitados por dois médicos, Chabrier e Tavan, e cuidados em segredo pelas mulheres da vizinhança.

Das cinco legiões em que os *camisards* se dividiam, a mais antiga e obscura era a que mantinha os seus depósitos perto de Cassagnas. Era o bando de Espírito Séguier; homens que tinham juntado as vozes com a dele no Salmo 68 enquanto marchavam à noite contra o arcipreste das Cevenas. Séguier, promovido ao paraíso, foi sucedido por Salomon Couderc, a quem Cavalier trata nas suas memórias como capelão-general de todo o exército de *camisards*. O homem era um profeta; grande leitor de corações, que admitia as pessoas aos sacramentos ou as rejeitava, "vendo cada homem intensamente" entre os olhos; e conhecia de cor a maior parte das Escrituras. E isso foi com certeza uma felicidade, já que, num ataque surpresa em agosto de 1703, ele perdeu a mula, os documentos e a Bíblia. Não deixa de ser estranho que não fossem surpreendidos com mais frequência e eficácia; pois a legião de Cassagnas tinha uma teoria de guerra verdadeiramente patriarcal e acampava sem sentinelas, confiando o dever de vigia aos anjos do Deus por quem lutava. Esse é um sinal não apenas da sua fé, mas também da região sem estradas onde se abrigavam. M. de Caladon, durante uma caminhada num belo dia, deu com eles sem perceber, como poderia ter dado com um "rebanho de ovelhas numa planície", e encontrou alguns dormindo e outros acordados, cantando salmos. Um traidor não precisava de nenhuma recomendação para se insinuar por entre as fileiras deles além da "capacidade de cantar salmos"; e mesmo o profeta Salomon "o recebeu com particular amizade". Assim, entre as montanhas intrincadas, a tropa rústica subsistiu; e a história pode atribuir poucas façanhas a ela que não sejam sacramentos e êxtases.

Essa gente robusta e simples não se mostra, como eu dizia agora mesmo, volúvel em matéria de religião; e o mais perto que chegarão da apostasia será uma conformidade exterior como a de Naamã na casa de Rimon. Quando Luís XVI, nas palavras do edito, "convencido da inutilidade de um século de perseguições, e mais por necessidade do que por simpatia", concedeu enfim a graça real da tolerância, Cassagnas ainda era protestante; e, com exceção de um homem, é até hoje. Há, com efeito, uma família que não é protestante, mas que também não é católica. É a de um *curé* católico revoltado, que caiu de amores por uma professora primária. E a sua atitude, vale notar, é reprovada pelos aldeões protestantes.

"Não é bom para o homem", disse um deles, "abandonar os seus compromissos".

Os aldeões que vi apresentavam uma espécie de inteligência rústica e todos tinham modos simples e dignos. Protestante que sou, fui olhado com bondade, e o conhecimento de história me amealhou mais respeito. Pois surgiu à mesa algo não muito diferente de uma controvérsia religiosa, um gendarme e um comerciante com quem jantei eram ambos forasteiros e católicos. Os jovens da casa mantiveram-se por perto e me apoiavam. A discussão inteira conduziu-se com tolerância, o que surpreendeu um homem crescido entre as infinitesimais e contenciosas diferenças da Escócia. O comerciante, com efeito, esquentou-se um pouco e ficou bem mais descontente do que outros com a minha familiaridade com a história. Mas o gendarme passou por cima de tudo com uma facilidade incrível.

"Não é bom para o homem mudar", disse ele; e o comentário foi aplaudido por todos.

Não se tratava da opinião do padre e do soldado de Nossa Senhora das Neves. Mas a gente aqui é diferente; e talvez a mesma magnanimidade que os levou a resistir agora os permita divergir com gentileza. Pois coragem respeita coragem; só onde a fé foi pisoteada podemos procurar uma população má e tacanha. A verdadeira obra de Bruce e Wallace[43] foi a união das nações; não a obra de mantê-las mais um tempo separadas, contendo pelas fronteiras; mas que, quando chegasse o tempo, elas pudessem se unir com respeito próprio.

O comerciante estava muito interessado na minha jornada e achou perigoso dormir ao ar livre.

"Há lobos", ele disse, "e além disso sabem por aí que você é inglês. Os ingleses sempre tiveram bolsas largas, e é bem possível que passe pela cabeça de alguém lhe bater feio à noite".

Disse-lhe que não tinha muito medo de acidentes assim; e que, em todo caso, julgava pouco sábio deter-me a considerar esse tipo de preocupação ou os pequenos perigos ao planejar a vida. A própria vida, afirmei, era negócio perigoso demais como um todo para que valesse a pena considerar cada um dos perigos particulares. "Alguma coisa",

---

43 Roberto de Bruce, rei da Escócia entre 1306 e 1329, e William Wallace, guerreiro escocês, aliado de Bruce nas guerras de independência da Escócia contra a Inglaterra no século XIV.

disse eu, "pode romper-se dentro de você em qualquer dia da semana, e ser o seu fim caso você esteja trancado no quarto com três voltas de chave".

"*Cependant*", disse ele, "*coucher dehors!*"[44].

"Deus", disse eu, "está em toda parte".

"*Cependant, coucher dehors!*", ele repetiu, e a voz saiu com uma eloquência de terror.

Foi a única pessoa, em toda a minha viagem, que viu qualquer problema num procedimento tão simples; embora muitos o tenham considerado supérfluo. Apenas um homem, por outro lado, demonstrou entusiasmo com a ideia. Foi o meu irmão de Plymouth, que exclamou, quando lhe contei que às vezes preferia dormir sob as estrelas a ficar perto de uma taverna barulhenta: "Agora vejo que você conhece o Senhor!".

O comerciante pediu-me um cartão à minha saída, pois disse que eu seria uma boa matéria de conversas no futuro e desejava que eu tomasse nota do seu pedido e dos seus motivos; aquiesci ao seu desejo.

Pouco depois das 2, atravessei o Mimente e tomei uma trilha escarpada para o sul subindo uma encosta coberta de pedras soltas e tufos de urze. No topo, como é costume da região, a trilha desaparecia. Deixei a minha jumenta ruminando a urze e prossegui só para encontrar uma estrada.

Encontrava-me agora na separação de dois vastos corpos de água; atrás de mim todos os rios iam para o Garonne e o oceano a oeste; diante de mim estava a bacia do Rhône. Dali, como do monte Lozère, você pode ver em tempo aberto o brilho do Golfo de Lyon; e talvez ali os soldados de Salomon tenham observado as gáveas de Sir Cloudesley Shovel e a esperada ajuda prometida pela

---

44 "No entanto [...] dormir ao ar livre!"

Inglaterra. Você pode considerar que essa serra jaz no coração do país dos *camisards*; quatro das cinco legiões acampavam ao redor dela e quase à vista umas das outras – Salomon e Joani ao norte, Castanet e Roland ao sul. E quando Julien completou a sua famosa campanha – a devastação das Altas Cevenas, que atravessou outubro e novembro de 1703, e durante a qual 460 vilarejos e arraiais foram, com fogo e picareta, totalmente desbaratados –, um homem de pé nessa altitude olharia para a frente e depararia com uma terra silenciosa, sem fumaça e despovoada. O tempo e a atividade humana já repararam as ruínas; Cassagnas já voltou a ter telhados e a mandar fumaça doméstica para o céu; e nos jardins de castanheiras, em cantos baixos e relvados, muitos fazendeiros prósperos retornam após o fim do dia de trabalho para os filhos e a lareira acesa. E, ainda assim, essa foi talvez a vista mais selvagem da minha jornada. Pico sobre pico, cadeias de montanhas sobre cadeias de montanhas se erguiam e estendiam para o sul, afuniladas e moldadas pelos rios do inverno, forradas da cabeça aos pés com castanheiras e quebradas aqui e ali por uma coroa de rochedos. O sol, ainda longe de se pôr, emanava um dourado brumoso pelos cumes, mas os vales já estavam mergulhados numa sombra profunda e silenciosa.

Um pastor bem idoso – mancando sobre um par de bengalas e usando um barrete negro de seda *liberty*, como que para honrar a sua proximidade da cova – indicou-me a estrada para Saint-Germain-de-Calberte. Havia algo de solene no isolamento daquela criatura enferma e antiga. Onde morava, como chegou ao topo do rochedo, ou como pretendia descer novamente, eram coisas que ultrapassavam minha imaginação. Não muito longe à direita ficava o famoso Plan de Font Morte, onde Poul com seu sabre armênio golpeou os *camisards* de Séguier. O velho, pensei, pode ser algum Rip van Winkle[45] da guerra, que perdeu os camaradas, fugindo diante de Poul, e desde então perambulou pelas montanhas. Talvez lhe seja novidade que Cavalier se rendeu, ou que Roland caiu lutando com as costas apoiadas numa oliveira. E, enquanto eu imaginava essas coisas, ouvi-o chamar em tons quebrados e o vi acenar com uma das duas bengalas para que eu voltasse. Eu já tinha avançado um trecho em relação a ele, mas, abandonando Modestine de novo, refiz os meus passos.

Ora, tratava-se de uma questão bem prosaica. O velho cavalheiro tinha se esquecido de perguntar ao mascate o que vendia e desejava remediar o descaso.

Eu lhe disse com seriedade: "Nada".

"Nada?", gritou ele.

Repeti: "Nada", e fui embora.

É estranho pensar nisso, mas talvez eu me tivesse tornado tão inexplicável ao velho quanto ele para mim.

A estrada seguia sob as castanheiras e, embora eu tenha visto um ou dois arraiais abaixo de mim no vale, e muitas casas isoladas dos fazendeiros de castanha, a marcha foi bastante solitária a tarde inteira; e a noite começou cedo sob as árvores. Mas ouvi a voz de uma mulher cantar uma balada triste, antiga e interminável não muito longe. Parecia ser sobre amor e um *bel amoreux*, o seu belo namorado; desejei ter feito o esforço para responder-lhe, à medida que seguia o meu caminho invisível pela floresta, tecendo, como Pippa[46] no poema, os meus pensamentos com os dela. O que poderia ter dito à

---

45 Personagem do conto homônimo do escritor nova-iorquino Washington Irving (1783-1859). O personagem, um fazendeiro, foge para a montanha e lá permanece num sono de vinte anos. Quando acorda, volta à sua aldeia e descobre que todos os seus amigos morreram na guerra.

46 Referência ao poema "Pippa Passes", do escritor inglês Robert Browning (1812-1889).

mulher? Bem pouco; e, no entanto, tudo de que o coração necessita. De como o mundo dá e toma e aproxima os namorados apenas para separá-los de novo em terras distantes e estrangeiras; mas amar é o grande amuleto que transforma o mundo num jardim; e "a esperança que chega a todos" vence os acidentes da vida e alcança com mão trêmula além da cova e da morte. É fácil dizer: sim, mas, pela misericórdia de Deus, também é fácil e gratificante acreditar!

Entramos afinal numa estrada branca e larga, acarpetada com uma poeira que não fazia ruído. A noite tinha chegado; a lua brilhava havia muito sobre a montanha à frente; ao dobrar uma esquina, minha burrinha e eu nos pusemos sob a sua luz. Eu tinha esvaziado o conhaque em Florac, pois já não o conseguia suportar, e o substituí por um Volnay generoso e aromático; e agora bebia na estrada à majestade sacra da lua. Nada além de um par de goles; contudo, desde então não tive mais consciência dos meus membros e o meu sangue corria com volúpia. Até Modestine inspirou-se com o brilho solar purificado pela noite e agitou os pequenos cascos em passadas mais vivas. A estrada seguia rapidamente por curvas e ladeiras entre as massas de castanheiras. O pó quente subia dos nossos pés e voava para os lados. Nossas duas sombras – a minha deformada pela mochila, a dela comicamente cavalgada pelo fardo – ora estendiam-se diante de nós em contornos nítidos na estrada, ora, ao virarmos uma esquina, afastavam-se na distância fantasmagórica e passavam pela montanha como nuvens. De tempos em tempos, um vento morno fazia o vale farfalhar e todas as castanheiras balançarem os ramos de folhas e frutos; o ouvido enchia-se de uma música sussurrante e as sombras dançavam no ritmo. No momento seguinte, a brisa ia embora e em todo o vale nada se movia, com exceção dos nossos pés viajantes. Na encosta à frente, as pontas e ravinas monstruosas da montanha desenhavam-se vagamente ao luar; e lá no alto, em alguma casa solitária, brilhava uma única janela iluminada, uma mera centelha de vermelho no enorme e triste campo das cores noturnas.

A certo ponto, à medida que eu descia, fazendo muitas curvas fechadas, a lua desapareceu atrás da montanha e continuei no caminho sob grande escuridão, até que outra esquina me fez entrar sem nenhum aviso em Saint-Germain-de-Calberte. O lugar dormia, silencioso, enterrado na noite opaca. Apenas de uma única porta aberta um pouco de luz de lamparina escapava pela estrada para mostrar-me que eu chegara às moradas dos homens. Os dois últimos mexeriqueiros do fim de tarde, ainda conversando sobre um muro de jardim, indicaram-me o caminho da estalagem. A sua dona estava pondo as galinhas para dormir; o fogo já estava apagado e teve, não sem os seus resmungos, de ser reacendido; meia hora depois, eu tive de me empoleirar sem jantar.

O ÚLTIMO DIA

Ao acordar (terça-feira, 2 de outubro) e ouvir o grande florescer dos galos e os cacarejos das galinhas contentes, fui até a janela do quarto limpo e confortável onde passara a noite e vi do lado de fora uma manhã ensolarada num vale profundo de jardins de castanheiras. Ainda era cedo e os cacarejos, a luz oblíqua e as longas sombras encorajaram-me a sair e olhar os arredores.

Saint-Germain-de-Calberte é uma paróquia grande de 9 léguas de perímetro. Na época das guerras, e logo antes da devastação, era habitada por 275 famílias, das quais apenas nove eram católicas; e foram necessários ao *curé* dezessete dias de setembro para ir de casa em casa a cavalo para fazer o censo. Mas o lugar em si, embora capital de um cantão, quase não é maior do que um arraial. Forma um terraço numa subida íngreme em meio a castanheiras imponentes. A capela protestante fica num patamar mais abaixo; no meio da cidade está a exótica igreja católica.

Era aqui que o pobre Du Chayla, o mártir cristão, mantinha a sua biblioteca e abrigava uma corte de missionários; aqui tinha construído o seu túmulo, pensando em jazer em meio à população grata àquele que os redimira do erro; e foi para cá, na manhã seguinte à sua morte, que trouxeram o seu corpo, perfurado por 52 feridas, para ser enterrado. Paramentado com as vestes sacerdotais, foi posto na igreja como lhe era de direito. O *curé*, tomando o texto do Segundo Livro de Samuel, 20º capítulo e 12º versículo – "E Amasa jazia no meio do caminho, coberto de sangue" –, pregou um sermão inflamado e exortou os seus irmãos a morrer cada um no seu posto, como o seu ilustre e infeliz superior. Em meio à eloquência, veio o burburinho de que Espírito Séguier estava próximo; e eis que toda a assembleia acorreu aos cavalos, uns foram para leste, outros, oeste, e o próprio *curé* foi até Alais.

Estranha posição a dessa pequena metrópole católica, um dedinho de Roma numa vizinhança tão selvagem e contrária. Por um lado, vigiada por Salomon em Cassagnas; por outro, separada de qualquer auxílio pela legião de Roland em Mialet. O *curé*, Louvrelenil, embora tenha entrado em pânico no funeral do arcipreste e logo descampado às pressas para Alais, aguentou-se bem no seu púlpito isolado e dali pronunciou fulminações contra os crimes dos protestantes. Salomon sitiou o vilarejo por uma hora e meia, mas foi repelido. Era possível ouvir os milicianos, de guarda à porta do *curé*, nas horas escuras, cantando salmos protestantes e conversando amistosamente com os insurgentes. E na manhã, embora nenhum tiro tenha sido dado, não havia nenhum traço de pólvora nas suas caixinhas. Para onde ela foi? Foi toda entregue aos *camisards* por consideração. Que guardiões não confiáveis para um padre isolado!

Que essas agitações contínuas tenham tomado lugar em Saint-Germain-de-Calberte é coisa difícil para a imaginação assimilar; tudo agora é tão calmo, o pulso da vida humana agora bate tão baixo e devagar nesse arraial das montanhas. Garotos acompanharam a minha partida por um bom pedaço, como caçadores de leão tímidos; e as pessoas viraram o pescoço para me olhar de novo, ou saíam de casa à medida que eu passava. A minha passagem foi o primeiro acontecimento, você deve ter imaginado, desde os *camisards*. Não havia nada de grosseiro ou precipitado nessa observação; não passou de um exame contente e cismado, como o do boi ou do bebê; ainda assim, fiquei desanimado e logo me afastei da rua.

Busquei refúgio nos terraços, que são aqui acarpetados do verde da relva, e tentei imitar com o lápis as atitudes inimitáveis das castanheiras ao sustentar o seu dossel de folhas. Vez por outra um ventinho passava, e as castanhas caíam ao meu redor, com um som leve e seco, sobre a relva. O ruído era como uma chuva fraca de grandes pedras de granizo; mas era acompanhado por um sentimento humano de celebração da colheita iminente e dos fazendeiros regozijando-se com os ganhos. Ao olhar para cima, vejo a castanha marrom espiando através da casca, que já se abria; e entre as hastes o olho mergulhava num anfiteatro de montanha, ensolarada e verde de folhas.

Nem sempre gostei tão profundamente de um lugar. Movia-me numa atmosfera de prazer e sentia-me leve e tranquilo e contente. Mas talvez não fosse apenas o lugar a causar-me essa disposição de espírito. Talvez alguém pensasse em mim noutro país; ou talvez algum pensamento próprio tenha vindo e ido despercebido, e mesmo assim me beneficiado. Pois alguns pensamentos, com certeza os mais belos, desaparecem antes que possamos examinar corretamente os seus traços; é como se um deus, viajando pelas nossas estradas verdes, apenas entreabrisse a nossa porta e lançasse um único olhar sorridente para dentro da casa e se retirasse de novo para sempre. Teria sido Apolo, ou Mercúrio, ou o Amor com as asas recolhidas? Quem poderá dizer? Mas depois cuidamos com mais leveza dos afazeres e sentimos paz e prazer no coração.

Jantei com um par de católicos. Concordaram na condenação de um jovem, católico, que se casou com uma protestante e passou para a religião da esposa. Eles podiam compreender e respeitar um protestante de nascença; de fato, pareciam ter a opinião de uma idosa católica, que me disse no mesmo dia não haver diferença entre as duas seitas, salvo que "o que era errado é mais errado para o católico", que tinha mais luz e orientação; mas isso de um homem desertar enchia os meus companheiros de mesa de desgosto.

"Não é bom para o homem mudar", disse um deles.

Pode ter sido acaso, mas você vê como essa frase me perseguiu; para mim, creio que era a filosofia corrente na região. Tenho dificuldade em imaginar outra melhor. Não apenas é um grande voo de confiança que um homem troque de credo e abandone a família em nome do céu; mas existe a chance – ou melhor, a esperança – de que, apesar de toda a transição aos olhos dos homens, ele não tenha mudado um fio de cabelo aos olhos de Deus. Honre aquele que faz isso, pois o solavanco é dolorido. Mas, seja pela força ou pela fraqueza, seja pelo profeta ou pelo tolo, essa troca é o indício de uma estreiteza entre aqueles capazes de se interessar tanto por uma operação tão ínfima e humana, ou que são capazes de desistir de uma amizade por um processo mental tão duvidoso. E penso que não devo deixar o meu velho credo por outro e trocar somente umas palavras por outras; mas que, com uma leitura corajosa, devo abraçá-lo em espírito e verdade e descobrir que o errado é errado para mim como o é nas melhores das outras comunhões.

A filoxera assolava os arredores; e em vez de vinho bebemos no jantar um suco de uva, mais econômico – La Parisienne, chamam-no. Para fazê-lo, põem o cacho de uva inteiro num barril com água; uma a uma, as uvas fermentam e estouram; o que se bebe durante o dia é reposto à noite com água: assim, sempre com mais um jarro do poço, e sempre com mais uma uva para explodir e destilar sua força, um barril de Parisienne pode durar até a primavera para uma família. É, como o leitor terá antecipado, uma bebida fraca, mas muito agradável ao paladar.

Entre o jantar e o café, já passava muito das 3 quando parti de Saint-Germain-de-Calberte. Desci pelo lado do Gardon de Mialet, um curso d'água notável e desprovido de água, e através de Saint-Étienne-Vallée-Française, ou Val Francesque, como costumavam dizer; e comecei a subida do monte de Saint-Pierre perto do anoitecer. Era uma subida longa e íngreme. Atrás de mim, uma carroça vazia voltando de Saint-Jean-du-Gard seguia os meus passos e alcançou-me perto do topo. O condutor, como o resto do mundo, tinha certeza de que eu era um mascate; mas, diferentemente dos outros, tinha certeza do que eu vendia. Ele tinha notado a lã azul que pendia das pontas do meu fardo; e por isso decidiu, com uma firmeza além de toda a minha capacidade de alterar o seu pensamento, que eu negociava colares de lã azul, como os que adornam o pescoço dos cavalos de carroças franceses.

Eu tinha avançado com toda a pressa e todas as forças de Modestine, pois desejava intensamente contemplar a vista do outro lado antes do dia desvanecer-se. Mas já era noite quando cheguei ao pico; a lua assomava alta e clara e apenas uns fachos cinzentos do crepúsculo demoravam--se no oeste. Um vale envolto em negro escancarava-se como um buraco na natureza criada aos meus pés; mas o contorno das montanhas estava nítido contra o céu. Havia o monte Aigoal, a fortaleza de Castanet. E Castanet, não apenas como líder ativo e compromissado, merece menção entre os *camisards*; pois as rosas salpicam o seu laurel; e ele mostrou como, mesmo numa tragédia pública, o amor sempre consegue o que quer. No auge da guerra, casou-se, na sua cidadela montanhesa, com uma moça jovem e bela chamada Mariette. Houve grande regozijo; o noivo soltou 25 prisioneiros para honrar a alegre ocasião. Sete meses depois, Mariette, a Princesa das Cevenas, como a chamavam por escárnio, caiu nas mãos das autoridades e é provável que tenham sido duros com ela. Mas Castanet era um homem de ação e amava a esposa. Atacou Valleraugue e ali capturou uma mulher; e pela primeira e última vez na guerra houve uma troca de prisioneiros. A sua filha, penhor de alguma noite estrelada sobre o monte Aigoal, deixou descendentes que ainda vivem.

Modestine e eu – foi nossa última refeição juntos – merendamos no topo do Saint-Pierre, eu numa pilha de pedras, ela de pé ao meu lado à luz do luar e comendo, com decoro, pão da minha mão. A pobre bruta animava-se mais a comer desse jeito; pois ela tinha por mim uma espécie de afeição, que eu logo trairia.

Foi longa a descida até Saint-Jean-du-Gard, e não encontramos ninguém senão um carreteiro, visível ao longe pelo reflexo da lua na sua lanterna apagada.

Antes das 10 da noite, já estávamos dentro e ceando. Quinze milhas e uma montanha árdua em pouco mais de seis horas!

ADEUS, MODESTINE!

Depois de ter sido examinada, na manhã de 3 de outubro, Modestine foi considerada incapaz de viajar. Precisaria de pelo menos dois dias de repouso, segundo o cavalariço; mas eu então estava ansioso para chegar a Alais por causa das minhas cartas; uma vez que me encontrava em região civilizada e com serviço de diligências, resolvi vender a minha amiga e partir numa delas na tarde daquele dia. A marcha de ontem, com o testemunho do condutor no nosso encalço durante a subida do longo monte de Saint-Pierre, espalhou uma opinião favorável da capacidade da minha burrinha. Possíveis compradores estavam conscientes da oportunidade ímpar. Antes das 10, eu já tinha uma oferta de 25 francos; e antes do meio-dia, depois de um embate desesperado, a vendi, com albarda e tudo, por 35. O ganho pecuniário não é óbvio, mas comprei a minha liberdade na barganha.

Saint-Jean-du-Gard é uma cidade grande e na maior parte protestante. O prefeito, protestante, pediu-me ajuda para um pequeno assunto que é em si característico da região. As jovens das Cevenas se aproveitam da religião comum e da diferença de língua e vão muito à Inglaterra para serem governantas; ali estava uma, nativa de Mialet, batendo-se com circulares em inglês de duas agências diferentes em Londres. Ajudei como pude;

e ofereci alguns conselhos, que julguei excelentes assim que me ocorreram.

Mais uma coisa a ser notada. A filoxera devastou os vinhedos dos arredores; logo cedo, sob algumas castanheiras perto do rio, encontrei um grupo de homens trabalhando com uma prensa de sidra. Não consegui de começo entender o que queriam e então pedi para um dos sujeitos explicar.

"Fazer sidra", ele disse. *"Oui, c'est comme ça. Comme dans le Nord!"*[47]

Havia uma nota de sarcasmo na sua voz. A região ia aos diabos.

Só quando já estava bem acomodado ao lado do cocheiro e chacoalhando por um vale rochoso com oliveiras-anãs foi que me dei conta da minha perda. Eu tinha perdido Modestine. Até aquele momento, tinha pensado que a odiava; mas agora que se foi,

"Ai! Que diferença para mim!"[48]

Por doze dias tínhamos sido companheiros inseparáveis; tínhamos viajado por mais de 120 milhas, cruzado diversas serras respeitáveis e trotado com as nossas seis pernas por muita estrada de pedra e mais de um caminho pantanoso. Depois do primeiro dia, embora eu às vezes agisse com mágoa ou de maneira distante, mantive a paciência; e quanto a ela, pobre alma!, chegou a considerar-me um deus. Adorava comer da minha mão. Era paciente, de forma elegante, o tom cinza ideal, e de uma pequenez inimitável. Os defeitos eram aqueles da sua raça e sexo; as virtudes eram apenas dela. Adeus, e adeus para sempre...

---

47 "Sim, é assim. Como no Norte!"
48 Verso de *She Dwelt among the Untrodden Ways*, do poeta romântico inglês William Wordsworth (1770-1850).

O pai Adão chorou ao vendê-la para mim; depois da minha vez de vendê-la, senti a tentação de fazer o mesmo; e estando a sós com um cocheiro e quatro ou cinco rapazes simpáticos, não hesitei em ceder à emoção.

Posfácio
Stevenson,
seu estilo e o burro

> Mesmo entre os animais, Jesus prefere
> aqueles que mais se distanciam da esperteza
> da raposa. Ele também escolheu o burro para
> montaria, quando teria podido, se quisesse,
> caminhar nas costas de um leão.
> – Erasmo, *Elogio da loucura*

Cada viajante tem seu truque: Raymond Roussel construiu um carro imenso no qual coloca um motorista, provisões de droga e dois servos que olharão a paisagem no seu lugar. Ulrich Brunner, peregrino na Palestina no século XV, se armou de uma cama, um colchão, uma almofada, dois pares de lençóis e uma coberta. Arthur Rimbaud usa solados de vento e um cinto recheado de 8 quilos de ouro. Paul Morand prefere a Bugatti ou o avião, e Valery Larbaud mobiliza um vagão do Expresso do Oriente para ali fechar suas doze dúzias de cuecas e de melancolias.

Robert Louis Stevenson, quando põe na cabeça que vai explorar as Cevenas em 1878, também tem um truque. Esse truque é simples como um bom-dia: é um burro, que ele carrega com todas as relíquias de que um turista escocês do fim do século XIX tem necessidade, nas sombrias, desertas, frias montanhas do Gévaudan ou do Velay: um revólver, um *réchaud*, um gorro com abas para cobrir as orelhas, um saco de dormir, uma aguardente, um litro de Beaujolais e um *fouet* para os ovos.

O burro de Stevenson é uma burra, uma burra espantosa. Ela é bonita, corajosa, cinza como um rato e só um pouco maior que um deles. O céu se curvou sobre o berço desse animal. Como ela não tem nenhuma vaidade, Stevenson a chama Modestine e, em uma bela aurora de começo de outono, em Monastier, no Alto Loire, o casal se prepara para a felicidade.

Sabemos, infelizmente, o que se dá com os grandes amores: acontece que eles perdem o viço. Algumas horas de vida em comum e a burra vira um demônio. Stevenson se comporta como um crápula: ele bate em Modestine, espeta-a até tirar sangue, nunca lhe sorri, antipatiza imediatamente com seu jeito de zurrar, julga-a estúpida, detesta o desenho de seus lábios que antes achava elegantes, reprova-lhe por hesitar, não admite que suas pernas finas tremam, em resumo: a ligação especial se torna horrível, depois difícil e enfim resignada.

Stevenson agrava seu caso por sua inclinação ao remorso. Ele não consegue bater em Modestine sem ficar triste, sem invocar o deus dos animais, o amor das humildes criaturas etc. Se ele castiga, realiza um "labor ignóbil". E acrescenta: "O som dos meus próprios golpes me enojava". E fica ainda mais irritado porque Modestine responde ao mal com o bem. A infinita resignação dos burros, a tristeza sem fundo de seus olhos ferem Stevenson, levam sua cólera ao extremo e multiplicam seus remorsos.

Consciente de sua vilania, Stevenson denigre a si mesmo comparando suas maneiras malvadas com as de um outro escritor inglês, o bom Laurence Sterne, que, um século antes, também teve problemas para se acertar com um burro. Um dia, atravessando Lyon, Sterne tinha entrado em conflito com um burro extremamente insolente que se recusava a andar porque estava ocupado beliscando folhas de nabo e de repolho. Ora, o que faz Sterne? Controla seus nervos. "Qualquer que seja minha pressa", diz Sterne em *A vida e as opiniões do cavalheiro Tristram Shandy*, "não posso resolver bater em um burro... Não posso nem mesmo lhe falar com rudeza". A rigor, Sterne poderia se pôr furioso contra outros animais, gatos ou cachorros, mas um burro, como bater nele enquanto ele olha com seus belos olhos desolados, com ar de quem diz: "Não me bata; mas se quiser bater, isso é permitido...".

Stevenson não tem essas delicadezas: ele uiva e rosna, e então atesta sua culpa, um pouco como aqueles personagens de Dostoiévski que passam seu tempo prosternados aos pés de suas vítimas, pedindo seu perdão.

O drama que se desenrola nas Cevenas, entre o burro e seu mestre, entre as duas metades do centauro grotesco que eles compõem, é ao mesmo tempo chocante e muito misterioso. Stevenson não é um bruto. É um jovem adorável, com 28 anos, sedutor, charmoso, frágil e com roupas de veludo, brioso, engraçado, generoso. Esta é a especialidade de Stevenson: nas tabernas de Londres ou mesmo nos ateliês de Montparnasse, esse grande jovem um pouco tísico e que gostava de vinho e de ópio tinha a seu favor a ternura, a bondade, o sorriso, a simplicidade – um tipo de anjo, a ponto de um grande mal-entendido se formar, quando ainda vivo, e depois da sua morte, em torno de Stevenson: a gentileza do homem, a doçura de seu espírito ocultavam o brilho de sua obra. Sainte-Beuve negava qualquer talento a Stendhal, não concebia que aquele tipo fanfarrão que distribuía palavras engraçadas nos salões parisienses fosse um verdadeiro romancista. Do mesmo modo, a sedução de Stevenson mascarou seu gênio: "Esse bom Stevenson", pensaram os críticos, "esse menino cândido que ama tanto as crianças, os animais e todo mundo, como poderia ser um escritor?".

Só Henry James, cujo gênio é tão contrário ao de Stevenson, adivinhou que o autor de *A ilha do tesouro* era um dos primeiros de seu tempo. H. James tinha compreendido que Stevenson escondia seu jogo: ao lê-lo, admiramos um escritor natural, um pintor *naïf*, um homem que escreve como cantam os pássaros. Ora, Stevenson é na verdade um artista bastante obstinado, que se interrogou apaixonadamente sobre os meios de sua arte, sobre o estatuto, os limites e as funções da literatura. Se há maravilha, em Stevenson, ela se ilumina com esta questão: como um artista tão lúcido, tão reflexivo, pôde preservar a inocência de sua escrita? Mas voltemos a nossos burricos, eles nos ajudarão a desembaraçar esse novelo.

Robert Louis não se contenta em ser desagradável com seu burro. O bicho não tem nem mesmo o reconhecimento do escritor: a viagem nas Cevenas seria tão bonita se Modestine não tivesse acrescentado a ciência do imprevisto, seu oposto, o absurdo dos caminhos, e essa curiosidade intelectual que a faz entrar, com sua equipagem, em todos os caminhos de fazendas ou casas? A prova: quando, em Saint-Jean-du-Gard, depois de treze dias de disputas, o casal se separa, é o fim da aventura. Stevenson vende seu burro, volta para suas cidades: sem burro, não há mais viagem, e o livro acaba.

Nesse momento, Stevenson mede a amplidão do drama. Encontra enfim, mas um pouco tarde, palavras de amor para Modestine: [...] tomei consciência de uma estranha falta. [...] Eu tinha perdido Modestine [...]; mas agora que se foi, "Ai! Que diferença para mim!" [...] Depois do primeiro dia, embora eu às vezes agisse com mágoa ou de maneira distante, mantive a paciência; e quanto a ela, pobre alma!, chegou a considerar-me um deus. Adorava comer da minha mão. Era paciente, de forma elegante, o tom cinza ideal, e de uma pequenez inimitável. Os defeitos eram aqueles da sua raça e sexo; as virtudes eram apenas dela. Adeus, e adeus para sempre...".

Tal é o final, muito clássico, do romance: como nas boas novelas sentimentais, Stevenson só descobre as virtudes da personagem quando já é muito tarde. Este livro é o relato nostálgico, divertido e arrependido de uma paixão desfeita. Ele relata, simultaneamente, duas viagens: o périplo pelas Cevenas propriamente dito e, enovelado no interior desse percurso, mais secreto, invisível, discreto, como que redobrado nos meandros da primeira narrativa, um percurso sentimental para contar que as geografias do amor são tão rudes quanto os caminhos escarpados das montanhas cevenenses.

Mas a autocrítica tardia de Stevenson vai além: nesse último instante, avalia que a viagem das Cevenas não teria sido tão frutífera sem a colaboração bizarra do burro: Modestine foi ao coração do ateliê onde o escritor aquecia seus balões de destilação, misturava seus pós e recolhia a obra à escuridão. Nesse trabalho alquímico que é a elaboração literária, Modestine, não duvidemos, tinha o papel de assistente, de ajudante, para não dizer de demiurga. Ela avivava o fogo sob o alambique em cujo fundo tremiam as gotas do ouro filosofal.

Seria sem dúvida injusto negligenciar a parte do próprio Stevenson: escritor inspirado, sabe ver, amar, contar os episódios de sua microscópica epopeia. É no entanto Modestine que dá estilo à narrativa. Como todos os burros, Modestine é uma mestre de sabedoria e uma superdotada para a caminhada a pé. Os burros, mesmo modernos, sabem viajar, enquanto os homens, ao longo dos séculos, perderam lentamente esse talento, por causa de seu saber etnológico, sociológico ou geográfico ao mesmo tempo e também pelo aperfeiçoamento espantoso dos meios de locomoção, automóveis, ferrovias e aviões.

É verdade, se se trata de deslocar-se lentamente para que a viagem tenha sucesso, podemos objetar que a excursão a cavalo daria conta. Objeção recusada: o cavalo não vale nada, é civilizado demais, dócil demais com seu cavaleiro, ardente demais e, de vez em quando, galopa como um louco.

O burro, ao contrário, tem a dupla vantagem de sua extrema lentidão e de sua teimosia que, sem parar, desvia o itinerário programado para lugares imprevistos, sem se preocupar com coerência, performance ou erudição. Isso Stevenson evita dizer porque é esperto, não deseja que o sucesso de seu livro seja partilhado com Modestine. Mas a lealdade nos obriga a dar ao burro o que é do burro: o verdadeiro autor da viagem e do relato foi Modestine. Stevenson foi apenas o escriba, o *ghost writer*, o "laranja" de Modestine.

O BURRO E A CURIOSIDADE

O que enerva Stevenson é que Modestine só segue sua cabeça, e sua cabeça é barroca. Incapaz de formar um projeto sério, o burro muda de ideia no fim de cada campina e é indeciso quanto a seus desejos: negligencia um panorama sublime que pensava desejar para se demorar, hipnotizado, em um tufo de cardos, uma casa em ruínas. Um nada o distrai de seu passo. Sem rumo traçado, está aberto a todas as aventuras, ao inesperado, ao incoerente. Uma cabana lhe apraz e ele não se lembra mais da cidade que procura. Seu belo olhar desconsolado magnifica o espetáculo mais banal: como Quixote, ele vê uma princesa em uma servente de albergue. É, além disso, muito sociável: assim que percebe um outro burro, vai lhe dizer bom-dia para estabelecer um pequeno comércio. Apresenta, em consequência, um dos traços que Ernst Jünger revela nos aventureiros: em todos os lugares está à vontade, entra em cumplicidade com não importa qual estrangeiro. Não caminha mais. Deriva.

O BURRO E A GEOGRAFIA

Modestine não se preocupa com a geografia colorida dos atlas e dos mapas-múndi. Ela mesma compõe seu itinerário negligenciando as grandes rotas por preferir os caminhos medíocres e tortuosos. "Modestine, tomada pelo demônio, voltou o coração para um desvio e recusou-se positivamente a sair de lá." A geografia para a burra não era uma canga, uma obrigação imposta ao turista. Modestine considera que a viagem é uma liberdade, uma surpresa, e que o exotismo começa a dois passos de sua casa, contanto que estejamos perdidos. Ela inventa, na medida de sua fantasia, a fisionomia da terra e o traçado dos caminhos.

Stevenson, apesar de seus resmungos, fica obrigado a seguir Modestine, que tem a gestão da logística, de modo que o circuito das Cevenas se assemelha a um labirinto: "No topo do La Goulet não havia estrada demarcada... Uma infinidade de estradinhas cortava os campos de um lado e do outro. Era o labirinto... Uma estrada que levava a toda parte ao mesmo tempo... Labirinto intermitente de pegadas... A estrada desapareceu... Logo a estrada [...] se dividiu, segundo o costume da região, em três ou quatro" etc. Vemos que Stevenson, depois de algumas horas, e sem nem se dar conta, tomou emprestada de Modestine a regra de ouro de todo viajante um pouco decidido: "[...] não viajo para ir a algum lugar, mas para ir".

Nesse mundo sem estradas, ao longo desses caminhos que vão além, a nenhuma parte e a todas ao mesmo tempo, o viajante se torna o que é: um extraviado essencial ("apenas um viajante", anota Stevenson, "como uma pessoa de outro planeta"). É a esse preço que o caminhante pode explorar as coxias de uma paisagem e mesmo descobrir paisagens que não existem. Um dia Stevenson chega, depois de uma longa subida, a um lago que não está em nenhum mapa. O escocês está muito entediado, não sabe bem o que fazer com esse lago inexistente e, depois, resigna-se, encanta-se, enfim. Não é esta a glória e o prazer do viajante? Suscitar miragens reais, ver surgir, no canto de um bosque, os minaretes de uma capital mongol, o cortejo de umas núpcias do Renascimento.

O BURRO E A LENTIDÃO

Jean Giono recomendava construir estradas calculadas "especialmente para se andar lentamente". Modestine era da mesma opinião. Ela tem dois dispositivos para reduzir, em proporções maravilhosas, sua velocidade. O primeiro é o uso que acabamos de mencionar dos atalhos, dos desvios, o que Fourier chamou de "antiestradas", que levam nada a nada. O segundo é sua inconstância: a todo momento ela se pergunta o que faz lá, com aquele tipo, e decide parar, ou anda a pequenos passos, a pequenos passos tão bonitos que chegam a multiplicar o tempo por três. Stevenson fez este cálculo: um percurso que precisou de uma hora e meia para um homem sozinho, Modestine terminará em quatro horas.

Caminhante infatigável, Modestine aparece então como o discípulo desse "passante considerável" que foi Arthur Rimbaud, segundo Mallarmé, mas um Arthur Rimbaud um pouco lento. Muitas frases de Rimbaud se assinam como Modestine: "Sou um caminhante, nada mais", e, quando Arthur conta a sua mãe e à irmã Isabelle a travessia a pé do Saint-Gothard: "Não mais estradas. Nada além do branco para sonhar, tocar, ver ou não ver...". Verlaine chamava Rimbaud de "o viajante maluco". A expressão seria conveniente à burra.

A lição de Modestine não foi em vão. Stevenson, seja durante a viagem, seja nos textos mais teóricos que fará pouco depois, aplica de forma frenética o método de Modestine. Explica a inferioridade da ferrovia em comparação com a charrete e afirma que a lentidão faz o sucesso da viagem. Claro, a ferrovia ajuda a ver a paisagem, mas ela não serve para nada, além do que é aborrecida de descrever; Stevenson detesta isso, já que "na caminhada, a paisagem é totalmente secundária". Sim, nada vale a caminhada que lhe permite "incorporar-se mais e mais à paisagem material", tornar-se essa paisagem, um pouco como Rimbaud se via "a faísca de ouro da luz natural". Pela graça da lentidão, imagens confusas, minúsculas, trêmulas ou despercebidas, quase proibidas ou bem escondidas desde o começo do mundo têm a permissão de se depositar sobre a retina, de se espalhar, de fazer todas as besteiras do mundo e todas as 3 mil cores: "Expomos nosso espírito à paisagem como exporíamos a placa sensível no aparelho fotográfico".

O ensinamento de Modestine concerne apenas a Stevenson. Nossa época seria prudente se o ouvisse, se experimentasse sua precisão, porque, enfim, o que se tornaram as viagens em nosso século nervoso, obcecado por velocidade e voltado para o instantâneo? Levanto-me às 5 horas da manhã, estou em Orly às 7, em Goa à tarde: eu me desloquei. O avião nos passou a perna. Sob a promessa de nos mostrar o mundo, ele o confisca: o avião criou um novo modo de deslocamento, a viagem imóvel, o nada da viagem. O avião é um grande massacre de exotismos: ele resgata apenas os despojos naturalizados e os escalpos.

Cada vez que pego o TGV me lembro de 1945. Os trens ainda não tinham se recuperado da guerra, várias pontes ainda estavam interrompidas e eu suportei 37 horas em um vagão para chegar de Aix-en-Provence a Paris. A grande viagem! É verdade que me entediei como um rato morto, mas sabemos que o tédio é um dos ingredientes mais preciosos de toda viagem. É nas praias mortas do tempo, quando me maldigo por ter deixado Paris para ir fazer papel de idiota em uma Amazônia desencorajante, que o mundo revela seus esplendores e se fecha sobre seus enigmas. O tédio e o exotismo avançam de mãos dadas.

O BURRO E A IGNORÂNCIA

Não é Modestine quem sonharia estudar os costumes, as mentalidades ou a história das regiões que ela atravessa. Se ela mostra uma curiosidade ardente pelas coisas inúteis, um barranco, uma sarça, um arbusto, mantém-se apaixonadamente insensível ao que faz a cereja do bolo dos viajantes modernos: os guias azuis ou os Baedeker, os monumentos históricos, as regras sociais, as estruturas elementares de parentesco, a circulação das mulheres, as citações de Tavernier, de Vasco da Gama ou de Jean de Léry etc. Modestine é tão decididamente inculta, tão rebelde a toda erudição que a primeira reação de Stevenson é severa. Ele tende a pensar que essa burra é um asno, mas, à custa das frustrações, ele acaba por suspeitar que Modestine é talvez um pouco inteligente.

Stevenson entretanto resiste a aplicar a regra do "não conhecer" e "não entender" que Modestine prescreve. Ele tem pressa de analisar a região que explora. Os críticos literários sublinham com razão o interesse sociológico da viagem nas Cevenas. Essa viagem abre uma claraboia para terras isoladas do século XIX, raramente visitadas e ainda menos descritas. Stevenson, que fez bons estudos (advogado, engenheiro...), disserta à vontade sobre as mentalidades, as relações dos camponeses com o tempo, sobre sua sociabilidade etc. Ele até nos dá um curso de história e narra em miúdos a guerra que Luís XIV fez contra os *camisards*. Convenhamos, portanto, que ele não seguiu os conselhos e o exemplo de Modestine. Como todos os viajantes, *hélas!*, age um pouco como professor. Ele nos instrui. Nós nos permitimos não gostar e propor que Modestine vença seu mestre: essa burra aplica rigorosamente os "Preceitos do peregrino" formulados em 1747 por Izhak de Lodz: "Não viajo para conhecer um país, mas para ignorá-lo um pouco mais; não para possuí-lo, mas para perdê-lo, e me perco".

Assim, este livro nos apresenta com clareza as duas grandes maneiras de viajar: de um lado, o exotismo tradicional, ilustrado por Heródoto, Ibn Battuta, Ruysbrouck ou Plan Carpin, Malinovski, Lévi-Strauss e Segalen, cuja ambição é resolver o outro no mesmo, esclarecer e portanto abolir o desconhecido, fazer o próximo com o distante, o familiar com o bizarro, desvendar enigmas; em resumo: substituir a bela noite fascinada do não saber pelas claridades espantadas do conhecimento. Miseráveis viagens, esses cursos universitários, e que funcionam na contramão de sua ambição; se ganham em verdade, arruínam o que faz a própria natureza do estranho: sua resistência a nossas familiaridades.

Modestine, por sua vez, ilustra a segunda maneira de viajar. Embebida da ideia de que o exotismo começa pelo incompreensível, ela prefere a viagem zen. Preconiza peregrinações de cegos no nada, essa ausência, essa irrealidade que é a terra. Sobre os mapas da geografia, se ela se dignasse de possuí-los, Modestine só teria olhos para as manchas brancas das *terræ incognitæ*. Ela despende uma energia imensa para manter a distância essa lonjura com que galga agora os caminhos.

Modestine é um viajante zen, espécie das mais raras. Só alguns itinerantes orientais fazem esse sacrifício, e ainda não sabemos nada de suas distrações porque os caminhantes têm como ponto de honra manter o diário de suas aventuras no campo do indizível. Como de resto tratariam disso já que o objetivo de seu deslocamento é não entender nada e, para os mais exigentes, não ver nada? Como diz Sun Hô hè, "só reconheço viajante surdo, mudo e, se possível, cego".

Acontece, entretanto, em raros intervalos, que algum livro de viagem obedeça a Modestine. Cito um exemplo fresco: a obra de Nicolas Bouvier sobre a Ilha de Aran, na costa da Irlanda (*Journal d'Aran et autres lieux*): Bouvier passa dez dias apenas nesse lugar e ainda por cima doente como um cão. Encontra apenas, em tudo e para tudo, oito nativos da ilha, mas isso "é largamente suficiente", e nessas ilhas já desertas ele, além disso, se aplica em contemplar só o que poderíamos chamar de ausência das coisas: "Dizem-me que não há nada a se ver nesse recanto", diz Bouvier, "e isso me alerta. Esse nada me apraz etc.". Aí está uma fórmula que Modestine teria amado. Segue uma bela descrição desse "nada" que satura o exotismo: "Noite negra", diz Bouvier, "cadência dos meus passos sobre a estrada que soa como porcelana, roçar furtivo nos juncos, em volta de mim, era justamente esse 'nada' que tinham me prometido. Antes 'um pouco', uma frugalidade que me lembrava as terras incultas e desabitadas do norte do Japão, os breves poemas, no limite o silêncio, nos quais no século XVII o monge itinerante Bashô as tinha descrito.

Nessas paisagens feitas de pouco, sinto-me em casa, e andar sozinho, quente sob a lã, em uma estrada de inverno, é um exercício salutar [...]".

Esse desvio de Nicolas Bouvier e seu "nada a se ver" não nos distancia das Cevenas. Leva-nos até lá e talvez revele que Stevenson, apesar de tudo, entendeu por alguns momentos a filosofia peregrinante de Modestine. Em outro texto, sobre uma viagem na Inglaterra, Stevenson escreve: "Cockermouth era (segundo a servente do albergue da cidade vizinha) um lugar onde não há *nada a se ver*. Entretanto eu vi muitas coisas".

Essa nota nos alerta. Força-nos a reler a viagem nas Cevenas com lentes mais abertas. Stevenson esquece por momentos que é um jovem muito sábio, muito antropológico, muito ocidental. Sob a viagem aparente e banal de um escocês inteligente e culto do século XIX, aflora então uma outra viagem, obscura e como que trêmula, uma palavra cambaleante que pouco se importa em aprender, compreender ou conhecer.

A repugnância de Modestine a utilizar as estradas facilita o despertar de Stevenson. Assim devemos perceber o júbilo do escritor cada vez que perde sua rota, ou mesmo quando chega a seu fim. A viagem se deforma, se dissolve. Uma "errância" a substitui. Outro sinal: a alegria de Stevenson quando, acordando em uma floresta que ele não tinha podido ver na véspera porque o sol tinha se posto, e depois de ter dormido, por causa disso, não em um lugar, mas ao relento, que é a ausência de lugar, descobre um panorama incompreensível, em um ponto desconhecido do universo.

"[...] circulei para ver em que parte do mundo havia acordado. Ulisses, deixado em Ítaca e com a mente perturbada pela deusa, não se perdeu de maneira mais agradável. Passei a vida inteira atrás de uma aventura, uma simples e autêntica aventura, como as que couberam aos viajantes heroicos de antigamente, de maneira que ser pego pela manhã num arvoredo aleatório de Gévaudan [...] tão ignorante dos arredores quanto o primeiro homem do mundo, um náufrago em terra firme – era realizar uma fração das minhas fantasias."

O gosto de Stevenson pela noite, pela bela estrela, pelo instante bendito, maldito, em que a cortina desce sobre o teatro da terra, sobre o mundo socializado, histórico e anedótico, diz a mesma coisa. O escocês consome a noite como um glutão, e compreendemos que ele tenha desdenhado embaraçar-se com uma tenda que é um tipo de casa. O albergue de Stevenson é a Grande Ursa.

E ele está mesmo à procura de uma noite mais negra que a noite, com a assistência de leves luzes que assinalem, à distância de seu olhar, uma casa ou um albergue, como se essas emocionantes cintilações ao mesmo tempo aprofundassem a escuridão e fizessem da paisagem terrestre, então evaporada, uma periferia do cosmos estrelado. Em outros momentos, busca essas faíscas vermelhas, palpitantes e perdidas que fazem a terra ilimitada, e fala como um marinheiro fala do piscar de um farol (Stevenson era filho de um construtor emérito de faróis e ele próprio escreveu um livrinho sobre sua iluminação), se bem que a região que ele percorre se parece, segundo as circunstâncias, com a noite do céu ou mesmo com a do oceano. Em muitos momentos, as imagens marítimas nascem da pluma de Stevenson. A querida Modestine até se vê assimilada a um barco: "No instante seguinte, já estava espetando Modestine para que seguíssemos adiante, guiando-a como um barco [...]".

Outra figura do infinito que exerce sua fascinação sobre Stevenson é o vento, esse sopro vindo de parte nenhuma e que vai morrer, depois de nos ter acariciado, em lonjuras inconcebíveis. Stevenson é um amador de ventos, como outros o são de vinhos. Ele os classifica por categorias.

Quase anotaria a origem, a idade, a safra: "Noite após noite, no meu dormitório privado no campo, dei ouvidos a esse concerto perturbador por entre os bosques, mas fosse pela diferença nas árvores, ou pela posição do terreno, ou porque eu estava do lado de fora e no meio dele, o fato é que o vento cantava num tom diferente entre esses bosques de Gévaudan".

A AUSTERIDADE DO BURRO

Modestine, quando pode roubar um pedaço de chocolate ou uma ponta de pão branco, não cospe no prato que comeu. Mas de modo geral, e fiel aos preceitos da viagem zen, aceita com o mesmo coração as privações, as fadigas, as incertezas. Estima que o desconforto, como o tédio, é o luxo do viajante e o preço do exotismo. Sobre isso, Stevenson se mostra um discípulo escrupuloso de sua pequena companheira. Assegura, logo nos primeiros quilômetros, que foi estúpido por carregar toda a bagagem que forma o viático obrigatório de um jovem escocês inclinado ao turismo: "Era-me claro que precisaria fazer um sacrifício aos deuses do naufrágio. Joguei fora a garrafa vazia destinada a carregar o leite; joguei fora o meu próprio pão branco, e, desdenhando agir pela média geral, conservei o pão preto para Modestine; por fim, joguei fora o pernil frio de carneiro e o batedor de ovos, embora este último me fosse caro ao coração".

Claro que esse desprendimento é consentido por Stevenson por comodidade e porque Modestine, parceira exaltada da sobriedade, o obriga a isso, mas no fundo Stevenson não ignora mais que o jogo é sério: ele compreende que a doutrina de Modestine, esse abandono do supérfluo, se reveste de um sentido elevado. Se evoca, em sua relação, os "deuses do naufrágio", não é para dizer que a viagem é empobrecimento e não acúmulo. O turista, aos olhos de Modestine, completa um percurso paralelo àquele do adepto ou do monge. Ele se despoja de todos os penduricalhos, vaidades e badulaques da civilização, como afastamos o véu do tabernáculo para contemplar, no silêncio e na sombra, o corpo ausente do deus escondido.

O itinerário de Stevenson, uma vez livre de seus sábios ornamentos, sociológicos ou turísticos, é um deslocamento filosófico, não geográfico (de resto, essa geografia, como vimos, foi abolida por Modestine, que jamais consulta um mapa, assim como por Stevenson, que se desloca mais entre a noite, o vento e o frio do que entre Monastier e Saint-Jean-du-Gard). "A grande questão é mover-se; sentir as necessidades e os percalços da vida mais de perto; sair do leito de penas que é a civilização e encontrar sob os pés o globo granítico cheio de farpas cortantes." O propósito é justamente rejeitar as aparências, os *trompe l'œil*, as ilusões que são objetos da cultura, as cicatrizes da história, para descobrir, sob as nuances depositadas pelos séculos, o esqueleto nu das coisas (o granito e o sílex, diz o escocês) e, se ousamos dizer, a pele do mundo.

Dois outros elementos confirmam essas resoluções:

– Assim como Modestine segue sistematicamente a pior estrada, aquela que leva ao contrário do objetivo, Stevenson preconiza a estação menos favorável à viagem: ele prefere abordar uma região em seu pior dia. Se ele deseja o Saara, deve esperar o alto verão e que o deserto se apague no excesso de sol. Se ele precisa de um país do Norte, irá para lá no inverno, quando a civilização está paralisada, quase anulada, reduzida ao estado de fóssil, traços de vento sobre a neve. A viagem nas Cevenas obedece a essa pedagogia: era preciso audácia para explorar uma das regiões mais selvagens e mais frias da França justo no início do inverno, consternando os calmos, friorentos habitantes de Monastier.

– Stevenson se alegra com o fato de que Gévaudan ainda não foi colonizado pela ferrovia. Se esses desertos são apenas vigiados por atalhos, caminhos – simples entalhes no informe, no ilimitado do original. E Stevenson vibra à ideia de que essas montanhas do Gévaudan estão prestes a entrar na civilização, graças à próxima ferrovia: "Daqui a um ou dois anos, isso pode ser um outro mundo. O deserto está sitiado".

Podemos ler todas essas notas como uma simples profecia ecológica: Stevenson leu Thoreau e se ele odeia o trem, é porque pretende reencontrar na natureza a pureza, a simplicidade ("Lembrei-me horrorizado da estalagem em Chasseradès e do congresso de toucas de dormir; horrorizado das proezas noturnas dos burocratas e estudantes, dos teatros quentes e gazuas e quartos vizinhos. [...] O mundo externo do qual nos encolhemos dentro das nossas casas parecia, afinal, ser um lugar bom e habitável.").

Na verdade, entretanto, sob a paixão ecológica rosna uma outra paixão, mais violenta: Stevenson deseja não somente se proteger dos "quartos quentes da civilização", mas, dócil à filosofia de Modestine, arrancar-se do tempo.

O BURRO E O TEMPO

Buffon se interroga se o burro está à frente ou atrás do cavalo: seria ele um modelo frustrado do qual a evolução extrairia o cavalo, tão mais aperfeiçoado? Ou é, antes, um cavalo degenerado, gasto ao longo de milênios e reduzido a esse personagem pobre e cinza, de pelo lanoso, com olhos desesperados? Eu não me colocaria nesse debate, que é muito complicado. Ousaria, no entanto, sugerir que

Buffon elaborou mal sua questão? Não é comprovado que o burro e o cavalo não têm relação entre si? Eles não trotam no mesmo calendário, e é frívolo pretender que um preceda o outro. Caminham juntos, através das mesmas regiões, mas em durações sem comparação.

O burro é algo desligado do tempo, da história, enquanto o cavalo é um produto do tempo. O cavalo evolui com os séculos: cavalo de trabalho, cavalo de guerra cavalo de circo, cavalo para equitação, cavalo de corrida, cavalo tordilho ou alazão, cavalo do Buffalo Bill ou de Longchamp, puro-sangue, o carteiro Cheval e o cavalo de ginástica, os avatares do cavalo são infinitos. As metamorfoses desse animal, ao longo da história, e considerando as condições socioeconômicas, a luta de classes, as invenções de Denis Papin e de James Watt, estão interrompidas.

Nada disso acontece para o burro: o burro foi feito de uma vez por todas. Obstinado, não se moveu. Podemos mergulhá-lo em não importa qual banho cultural, suas cores e seus modos perduram. O burro é um ser platônico, parecido consigo mesmo em todos os tempos, em todos os lugares. Cada burro é uma ideia de burro, um burro essencial, um "burrico sem qualidades", como dizia belamente Robert Musil, e que pasta por séculos e séculos, sem mutações, sem progresso nem decadência: burro dos fenícios, burros dos coreanos do século XX, burro de Bagdá sob o reino de Haroun al-Raschid ou burro da Córsega de Napoleão, são todos idênticos.

Desdenhoso das estações, ignorante dos impérios, o burrico passa pelos cardos das planícies da eternidade. Despreza toda duração, seja a longa duração de Braudel ou as durações evanescentes de nossas megalópoles. Não podemos nem mesmo reprová-lo por ser passadista. Ele não quer conhecer nada, segundo a expressão de Newton, das "corrupções das gerações".

A burra não vende o detalhe: o tempo, ela nem o conhece, isso é tudo. Por isso ela não tem nostalgia. Como iria preferir o século dos merovíngios ao de Napoleão III, já que quanto ao tempo, seja passado, presente ou futuro, ela é "contra". Ela riria muito, Modestine, se lhe disséssemos que, em certas casas aristocratas de Fez ou de Marrakech, os proprietários conservam, hoje ainda, a chave de sua antiga casa de Córdoba!

Stevenson não é assim: como ele é um humano, está condenado a negociar com o tempo. É porque, ao contrário de Modestine, ele é frequentemente requisitado pelo presente (esse homem, as crianças com que ele cruza, as fumaças da vila, esse *hic* e esse *nunc*...) como também por um passado mais ou menos recente. Mesmo se ele prefere a geologia, os ventos, o granito, o sílex, Stevenson é sensível à história e se comove com a ideia das coisas dos bons velhos tempos. Se cruza com um camponês grisalho, usando um velho barrete de seda preta *"liberty"*, ele acredita encontrar um homem "que perdeu os camaradas, fugindo diante de Poul, e desde então perambulou pelas montanhas". Mais emocionante ainda: "[...] um fazendeiro tinha visto os ossos de velhos combatentes serem desenterrados numa tarde do século XIX, num campo onde os ancestrais lutaram e os bisnetos cavavam tranquilamente".

É evidente que Modestine acha tais comoções ridículas. Entretanto, se ela refletisse, teria percebido um traço que estabelece que Stevenson, mesmo se imerso no tempo, aspira a abandonar: seu horror dos pêndulos.

O BURRO E O RELÓGIO

A indiferença de Modestine quanto ao tempo se traduz por seu desprezo pelo relógio. Ela milita por uma corrida sem relógios, ampulhetas, clepsidras ou relógios solares. Ela realmente não admite, mas é a sua maneira oblíqua e um pouco dissimulada que sugere isso, por seu desgosto das grandes estradas que conduzem às vilas ou burgos. Ela notou que as reuniões humanas se pareciam também com pêndulos. "Uma necessidade violenta nos atrai para fora das cidades", escreve Baldruch Telher. "Elas são as centrais do tempo mecânico, a grande manufatura dos segundos. Elas diferem dos campos que permanecem imersos nos antigos moldes. Quando nos distanciamos das metrópoles, nos afundamos em uma duração de outra tessitura. Nessas distâncias, o tempo é de veludo, ele se amassa e marca, é macio, estremece, é independente e absurdo, diríamos que, como um céu, mistura as noites e as auroras, compõe-se de neblinas. A estrela polar não é mais que uma estrela cadente e as horas se misturam. Nas ourelas das culturas urbanas, as horas nos acariciam como as asas de um pássaro, com modos de nuvens. As rodas giram mais docemente e em todos os sentidos ao mesmo tempo. Elas suspendem sua obra, moem dez durações ao mesmo tempo."

Vemos que Baldruch Telher aplica ao tempo a regra que Modestine impõe ao espaço: assim como Modestine e Stevenson se extasiam nos caminhos que levam a nenhuma parte ou a todas ao mesmo tempo, também Baldruch Telher deseja uma duração que caminhe em todas as direções ao mesmo tempo, para trás e para a frente, segundo – e, portanto, sem – nenhum tempo. Modestine não se contenta com os labirintos do espaço. Ela gosta também que o tempo se dobre na forma de um labirinto e que cada segundo seja um segundo louco.

Sobre esse assunto, Stevenson entrega o cargo a Modestine. Ele se submete a seus preceitos. Se ele quis tanto deixar a grande cidade, foi primeiro para deixar a civilização do relógio que injuria a criação.

Em um capítulo inédito da *Viagem*, ele sonha com o consentimento das diligências: "O correio (tal é o nome de uma diligência) deveria deixar Puy de volta às 2 horas da tarde e chegar a tempo a Monastier para o jantar às 6 horas. Mas o condutor não ousa se indispor com seus clientes. Ele atrasará várias vezes sua partida, de hora em hora; e vi o sol se pôr durante esse tempo. Esses favores puramente pessoais, essa consideração pelas fantasias dos homens, mais que pelos ponteiros de um relógio mecânico, para marcar essa abstração por antecipação, o tempo, dão à exploração das diligências um aspecto cômico com o qual não estamos acostumados".

(Stevenson justifica aqui, sub-repticiamente, seu ódio pelos trens: o trem, desde que organiza uma rede ferroviária, se submete à lei do relógio, funciona como um gigantesco relógio implacável regrado pelo rigor das horas das correspondências.)

Não há pêndulo no Paraíso terrestre: "É um pouco como se o reino milenar do Messias tivesse chegado a bom termo, quando jogaremos nossos relógios e nossos pêndulos por cima dos telhados de nossas casas e quando esqueceremos o tempo e as estações. Não considerar as horas de uma vida inteira é, eu diria, viver para sempre. Vocês não têm ideia, se jamais tentaram, do quanto é interminável um dia de verão que só foi medido pela fome e que termina quando tiverem sono.

"Conheço uma cidade onde não há, por assim dizer, pêndulos, onde ninguém tem outra ideia do dia ou da semana que não seja um tipo de instinto do dia de festa, o domingo, e onde uma só pessoa é capaz de dizer o dia do mês e ela geralmente se engana. E se as pessoas soubessem com que lentidão o tempo anda nessa cidade, e que braçada de horas de ócio ele dá, além do mercado, a seus habitantes avisados, acredito que haveria uma fuga precipitada para fora de Londres, Liverpool, Paris e de toda uma série de grandes cidades onde os pêndulos perdem a cabeça e fazem as horas correrem mais rápido que outras, como se todas elas estivessem inscritas em uma aposta. E todos esses peregrinos insensatos trariam cada um sua própria miséria, sob forma de um relógio no bolso. Devemos notar que não havia nem pêndulos nem relógios nos dias tão louvados que precederam o Dilúvio..."

Stevenson não cessa mais de ambicionar o Paraíso terrestre: mais tarde, ele o buscará em *A ilha do tesouro*, que escapa ao reino dos pêndulos, ou mesmo na mina de prata de Silverado (que está abandonada, arrancada portanto do presente) e, enfim, nas ilhas do Pacífico, onde o carrilhão não ressoa. Mas, desde então, nas Cevenas, ele esgrime para reintegrar as pradarias de antes do Dilúvio: quando escreve de Monastier, ponto de partida de sua expedição, para seu amigo Charles Baxter, anota no alto e à direita da folha: "Deus sabe qual é a data, olhe o carimbo do correio".

Nesse ponto, Stevenson e Modestine terminam sua operação de desprendimento, de austeridade, de indigência: eles jogaram por cima da amurada não somente o pão escuro e o pão branco, a ferrovia e a diligência, os mapas de geografia, mas também o pêndulo, o relógio, a ampulheta e a clepsidra. Com o mesmo ânimo tiraram todos os véus que separam os homens das trevas das coisas.

O BURRO E A INTOLERÂNCIA

Essa expulsão do tempo tem um outro efeito: a burra e seu mestre julgam do ponto de vista de Sirius. Afundados em uma duração infinita, imóvel, entrelaçada e sem fronteiras, lambiscando em diversos estratos do tempo, eles relativizam os espetáculos do mundo. Julgam as fraquezas dos homens com essa adorável distância que chamamos de tolerância: Stevenson é um jovem amante e amável: não maldiz nem mesmo as meninas que fazem piada dele. E perdoa aquela velha que se recusa a fornecer-lhe as informações e o deixa falando sozinho.

Modestine mostra uma tolerância igual, que se manifesta por seu gosto pelos encontros absurdos, por sua facilidade em entrar em contato com o primeiro burro que apareça, contanto que seja macho, pela admirável resignação própria a todos os burros e que os faz aparentados dos mendigos da Índia, tão pouco agressivos que olham com olhos apagados, gentilmente irônicos, com ar de dizer: "As coisas não vão muito bem para mim neste momento, não tenho nada para comer, você se recusa a me dar uma rúpia, minha mãe está doente, meus filhos têm cólera, mas tudo isso não é muito grave, um pouco de paciência, é só esperar cem mil anos ainda e uma dezena de apocalipses e de Criações, e a sorte voltará, com certeza".

Claro, essa medalha tem um reverso: a tolerância de Modestine se assemelha a uma indiferença: não detestar ninguém, protestarão os espíritos exigentes, não é um modo de não amar ninguém? Há verdade nessa observação e é preciso colocar aqui, com um pouco de tristeza, esta questão desagradável: a bondade dos burros não seria a máscara de uma formidável frieza?

Corrigiremos essas severidades com uma observação que concerne a Stevenson e, mais secretamente, à burra. Stevenson primeiro: há um capítulo em que nosso caminhante escocês chega aos limites de sua indulgência. Não controla sua indignação quando pensa nas violências feitas pelos soldados da cavalaria de Luís XIV aos *camisards*, mas como exigir-lhes rigor? Protestante, habituado como todos os escoceses às violências das religiões dominantes, Stevenson se nomeia *camisard* de honra, o que nos vale o capítulo da história, de resto muito bonito porque ele está alterado pela cólera e se distingue do didatismo próprio a todos os *globe-trotters* modernos que não podem atravessar uma cidade ou uma região sem nos repassar, entre duas lembranças pessoais, uma informação da *Encyclopædia Universalis*.

Modestine, ela também, transgride sua regra de tolerância, igualmente quando se trata de um problema religioso: Stevenson constata que sua burra, na abadia de Nossa Senhora das Neves, parece "sentir antipatia pelos conventos". Essa hostilidade modestiniana é curiosa. Claro, podemos adiantar hipóteses: podemos supor, por exemplo, que Modestine pode ter sido criada na religião da Reforma, que é insensível à arte do convento, mas Stevenson ou esquece ou não tem informações, e não nos dá nenhuma precisão sobre o assunto. Além disso, os burros, mesmo os da Reforma, são geralmente de cultura católica porque conservam, através das neblinas de seu percurso terrestre, a lembrança brilhante da Santa Virgem, para quem eles deram uma boa mão no presépio, no momento do nascimento de Cristo. O presépio foi o dia de glória dos burros (mais ainda que a entrada de Cristo em Jerusalém), e ele está impresso de maneira indelével na sua memória e tão bem que eles sempre querem um pouco de mal a esses protestantes, esses reformados que não mostram uma grande reverência pela Santa Virgem.

Podemos então dizer que a conduta de Modestine é duas vezes absurda: primeiro porque à burra falta a sua atitude habitual de indulgência; em seguida porque ela exprime cólera contra os monges amigos da Santa Virgem. O que concluir senão que o comportamento desagradável da burra em Nossa Senhora das Neves deve ser interpretado

150

menos como uma posição filosófica do que como índice de seu caráter extravagante, ilógico e arbitrário?

A viagem nas Cevenas se fecha depois de treze dias, é uma viagem de Lilliput, mas mais nada então será como antes. Juraríamos que as provações suportáveis da França permitem a Stevenson largar as amarras e afrontar os grandes espaços. Os treze dias soam como um adeus ao jovem charmoso das tabernas de Londres e dos ateliês de Barbizon. É a primeira nota de uma imensa música. Stevenson, no momento em que perde seu burro, e ganha sua alma, não vai mais cessar de refazer a mesma viagem, mas em escalas crescentes. O percurso de Monastier a Saint-Jean-du-Gard forma o modelo inconfesso de todos os afastamentos que virão, cada viagem de Stevenson sendo mais ambiciosa que a precedente, um pouco como um pedrisco que, lançado nas águas calmas de um lago, produz ondas concêntricas mais e mais desmedidas. Stevenson vai se esforçar toda a sua vida para reproduzir, com mais majestade, tragédia, glória, o pobre e pequeno périplo completado com o burro.

Vai voltar a Londres para fazer certas graças, amar seus amigos, mas logo se voltará para esse destino de peregrino, de perdido, para o qual Modestine lhe abriu as portas de corno e de brumas, em companhia da mulher amada, essa Fanny Osbourne, cuja figura ausente aureolava em segredo as noites alucinadas nas Cevenas – e por quem ele vai embarcar, em alguns anos, para um périplo mais duvidoso que o da Besta de Gévaudan, em direção a Silverado, na Califórnia.

Os futuros deslocamentos de Stevenson vão mudar de dimensão e de estilo: não veremos mais o escocês a reboque de um burro. Ele se sacrificará a novos modos de locomoção: o navio de Glasgow a Nova York, o trem de Nova

York a São Francisco e, mais tarde, o barco, os barcos que lhe permitirão realizar suas errâncias não mais no flanco de Gévaudan, mas entre as luminosas ilhas do Pacífico, as Marquesas, Tuamotu, Papeete, as ilhas Gilbert, as ilhas Marshall, a Nova Caledônia, até descobrir enfim o lugar de sua morte em Samoa – viagens gigantescas, definitivas, patéticas, radiantes e fúnebres ao mesmo tempo, e que Stevenson completará em obediência a esse pequeno burro cinza, tão distinto e tão inteligente que um dia lhe tinha ensinado o uso do mundo.

GILLES LAPOUGE Jornalista e escritor francês nascido em 1923, viveu no Brasil no início da década de 1950. É correspondente do jornal *O Estado de S. Paulo* na França desde 1957. Romancista agraciado pela Academia Francesa com o Grande Prêmio de Literatura Paul Morand pelo conjunto de sua obra, em 2014, é autor de dezenas de livros, entre eles *Équinoxiales* (1977), *Le Bois des amoureux* (2006), *Dicionário dos apaixonados pelo Brasil* (2011, lançado no Brasil em 2014) e *L'âne et l'abeille* (2014).

Tradução de Sandra M. Stroparo.

Cronologia
Por Gilles Lapouge

1850
Nascimento de Robert Louis
Stevenson em 13 de novembro,
em Edimburgo.

1852
Chegada da babá Alison
Cunningham, que o menino
chamará de Cummy.
Particularmente devotada
ao menino enfermiço, ela vai
desenvolver sua imaginação e
enriquecer sua afetividade.

1857
Stevenson entra na escola
(Henderson's Preparatory
School, em Edimburgo).
Estudos frequentemente
interrompidos pela doença.

1860
Falece o pastor Lewis Balfour,
pai da mãe de Stevenson, em
cuja casa o menino passava
muito tempo.

1862-1863
Com os pais, Stevenson viaja
pelo continente (Alemanha,
Itália, França: passa por
Menton). Escreve textos
diversos em uma revista
manuscrita: começa a surgir o
interesse de Stevenson pelos
contos de aventura.

1867
Stevenson entra na
Universidade de Edimburgo e
começa a estudar Engenharia.

Pouco aplicado nos estudos, leva uma vida bastante dissoluta: a influência moral de sua família diminui.

1870
Ligação de Stevenson com uma prostituta com quem pretende se casar.

1871
Abandonando os estudos científicos, Stevenson se orienta para o Direito com o projeto de aumentar seu tempo livre para poder escrever. Publica ensaios na revista da universidade.

1872
Exames de Direito.
Viagem para a Alemanha.

1873
Stevenson se declara agnóstico e magoa, assim, seu pai. Doente, vai passar algum tempo em Suffolk, onde encontra seu futuro amigo Sidney Colvin, professor de História da Arte em Cambridge, e Fanny Sitwell, por quem ele se apaixona. Parte para Menton em novembro.

1874
Volta para a Escócia e em seguida passa um tempo em Londres com Sydney Colvin. Cruzeiro com seu amigo rico Walter Simpson. Stevenson lê muito e escreve para a *Cornhill Magazine*.

1875
Stevenson, já advogado, não pratica a profissão. Conhece William Henley, seu futuro colaborador e amigo. Faz uma visita a seu primo Bob Stevenson (estadia em Barbizon, na comuna de Grez, França).

1876
Stevenson permanece um tempo em Londres. Deixa a casa paterna, volta para Grez, onde conhece Fanny Osbourne (1837-1911), artista americana separada do marido.

1877
Temporada em Londres; em Paris, Stevenson reencontra Fanny Osbourne. Publica seu primeiro romance. Compra um barco, atracado no rio Loing, em Grez.

1878
Além de contos, Stevenson publica *An Inland Voyage*, relato de sua expedição feita em caiaque pelos canais do norte da França. Travessia das

Cevenas com um burro. Fanny Osbourne volta para a América.

1879

Publicação de *Viagem com um burro pelas Cevenas*. Stevenson parte para Nova York em agosto. Atravessa os Estados Unidos para encontrar Fanny Osbourne na Califórnia, onde trabalha como jornalista em Monterey.

1880

Divórcio de Fanny Osbourne. Com dois filhos, Isabelle e Samuel Lloyd, ela se casa com Stevenson. O pai de Stevenson lhe concede uma renda. Estada do casal nas montanhas e retorno à Grã-Bretanha. Publicação de *Deacon Brodie*, peça escrita em colaboração com Henley.

1881

Publicação do livro de ensaios *Virginibus Puerisque*. Estada em Davos. Início da escrita de *A ilha do tesouro* na Escócia e conclusão na Suíça.

1882

Os Stevenson estão em Davos, de onde vão para Londres (publicação de *Familiar Studies of Men and Books*) e depois para a Escócia. Publicação de *New Arabian Nights* em julho. Estada, no fim do ano, perto de Marselha e em Nice.

1883

Os Stevenson instalam-se no chalé La Solitude, em Hyères, e passam o verão em Royat. Publicação de *A ilha do tesouro*.

1884

Stevenson volta para a Inglaterra e se instala em Bournemouth. Ele fica doente. Publicação de *Silverado Squatters*, *Austin Guinea* e *Beau Austin*.

1885

Visitas de Henry James à casa de Stevenson em Bournemouth. Os Stevenson moram em Skerryvore – a casa é um presente de casamento do pai do autor para a nora. Publicação de *The Dynamiter*, *More New Arabian Nights*, *Prince Otto*, *A Child's Garden of Verses* e *Macaire*.

1886

Publicação de *O estranho caso do dr. Jekyll e sr. Hyde*, bem como de *Raptado* (primeiro romance escocês de Stevenson). Breve visita a Paris com Henley.

1887

Thomas Stevenson, nascido em 1818, pai do autor, morre em maio. Partida do romancista para a América em agosto, em companhia da mulher, do enteado Samuel Lloyd e da mãe, Margaret, nascida em Balfour. Instalam-se temporariamente à beira do lago Saranac, no estado de Nova York, onde *The Master of Ballantrae* é iniciado. Publicação de *A Memoir of Fleeming Jenkin*.

1888

Partida de Fanny para a Califórnia. Discussão com Henley. Chegada do autor em junho a São Francisco e partida em família a bordo do *Casco* para uma viagem pelo Pacífico. Publicação de *Black Arrow*. Passagem pelas Ilhas Marquesas em julho e em agosto, e estada em Tuamotu, em setembro. Um mês em Papeete.

1889

A mãe do autor volta para a Escócia. Este, por sua vez, fica em Honolulu, onde *The Master of Ballantrae* é terminado. Publicação desse livro, e de *The Wrong Box*. Viagem às Ilhas Gilbert pelo Equador e,

depois, compra de um terreno em Samoa (em Upolu, domínio de Apia): Stevenson manda construir sua casa de Vailima nesse terreno. Estada na Austrália durante alguns meses.

1890

Stevenson deixa a Austrália e viaja pelo Pacífico (Ilhas Gilbert, Ilhas Marshall, Nova Caledônia). Passa novamente pela Austrália antes de voltar para Upolu, onde instala-se definitivamente em outubro. Sua saúde debilitada o impede de deixar os climas tropicais. Publicação de *In the South Seas* e *Ballads*.

1891

Stevenson faz uma viagem a Sydney, onde vai encontrar a mãe vinda da Escócia para se instalar com ele em Vailima.

1892

Publicação de *The Wrecker*, *A Footnote to History* e *Across the Plains*. Stevenson se interessa ativamente pelas querelas políticas de seu país de adoção.

1893

Guerra civil em Samoa. Stevenson milita em favor dos indígenas oprimidos.

156

Viagem a Sydney em fevereiro
e a Honolulu em setembro e
outubro. Publicação de *Island's
Nights' Entertainments* e de
Catriona, que é a sequência
de *Raptado*.

1894
Publicação de *The Ebb-
-Tide*. Stevenson abandona
St. Ives e começa *Weir of
Hermiston*. Grandes festas
e gratidão dos indígenas
no aniversário do escritor,
que morre de uma crise de
apoplexia em 3 de dezembro.

A coleção ACERVO publica os títulos do catálogo da editora CARAMBAIA em novo formato. Todos os volumes da coleção têm projeto de design assinado pelo estúdio Bloco Gráfico e trazem o mesmo conteúdo da edição anterior, com a qualidade CARAMBAIA: obras literárias que continuarão relevantes por muito tempo, traduzidas diretamente do original e acompanhadas de ensaios assinados por especialistas.

CIP-BRASIL. CATALOGAÇÃO NA PUBLICAÇÃO / SINDICATO NACIONAL DOS EDITORES DE LIVROS, RJ /
S868v / Stevenson, Robert Louis, 1850--1894 / *Viagem com um burro pelas Cevenas* / Robert Louis Stevenson; tradução Cristian Clemente; posfácio Gilles Lapouge. [2. ed.] São Paulo: Carambaia, 2019. 160 pp; 20 cm. [Acervo Carambaia, 5] / Tradução: *Travels with a Donkey in the Cévennes* / ISBN 978-85--69002-53-6 / 1. Romance escocês.
I. Clemente, Cristian. II. Lapouge, Gilles. III. Título. IV. Série.
19-55703 / CDD 828.99113 / CDU 82-31(411)

Vanessa Mafra Xavier Salgado
Bibliotecária – CRB-7/6644

Primeira edição
© Editora Carambaia, 2016

Esta edição
© Editora Carambaia
Coleção Acervo, 2019

Título original
Travels with a Donkey in the Cévennes [1879]

Posfácio
© Editions Flammarion, Paris, 1991
Título original – *Stevenson, son style et l'âne*

Preparação
Liana Amaral

Revisão
Ricardo Jensen de Oliveira
Rafaela Cera
Cecília Floresta

Projeto gráfico
Bloco Gráfico

DIRETOR EDITORIAL Fabiano Curi
EDITORA-CHEFE Graziella Beting
EDITORA Ana Lima Cecilio
EDITORA DE ARTE Laura Lotufo
ASSISTENTE EDITORIAL Kaio Cassio
PRODUTORA GRÁFICA Lilia Góes
GERENTE ADMINISTRATIVA Lilian Périgo
COORDENADORA DE MARKETING E COMERCIAL Renata Minami
COORDENADORA DE COMUNICAÇÃO E IMPRENSA Clara Dias
ASSISTENTE DE LOGÍSTICA Taiz Makihara
AUXILIAR DE EXPEDIÇÃO Nelson Figueiredo

Fontes
Untitled Sans, Serif

Papéis
Pop Set Black 320 g/m²
Munken Print Cream 80 g/m²

Impressão
Ipsis

Editora Carambaia
rua Américo Brasiliense,
1923, cj. 1502
04715-005 São Paulo SP
contato@carambaia.com.br
www.carambaia.com.br

ISBN
978-85-69002-53-6